倭国統一

倭の国から日本へ 7

阿上万寿子
Masuko Agami

文芸社

目次

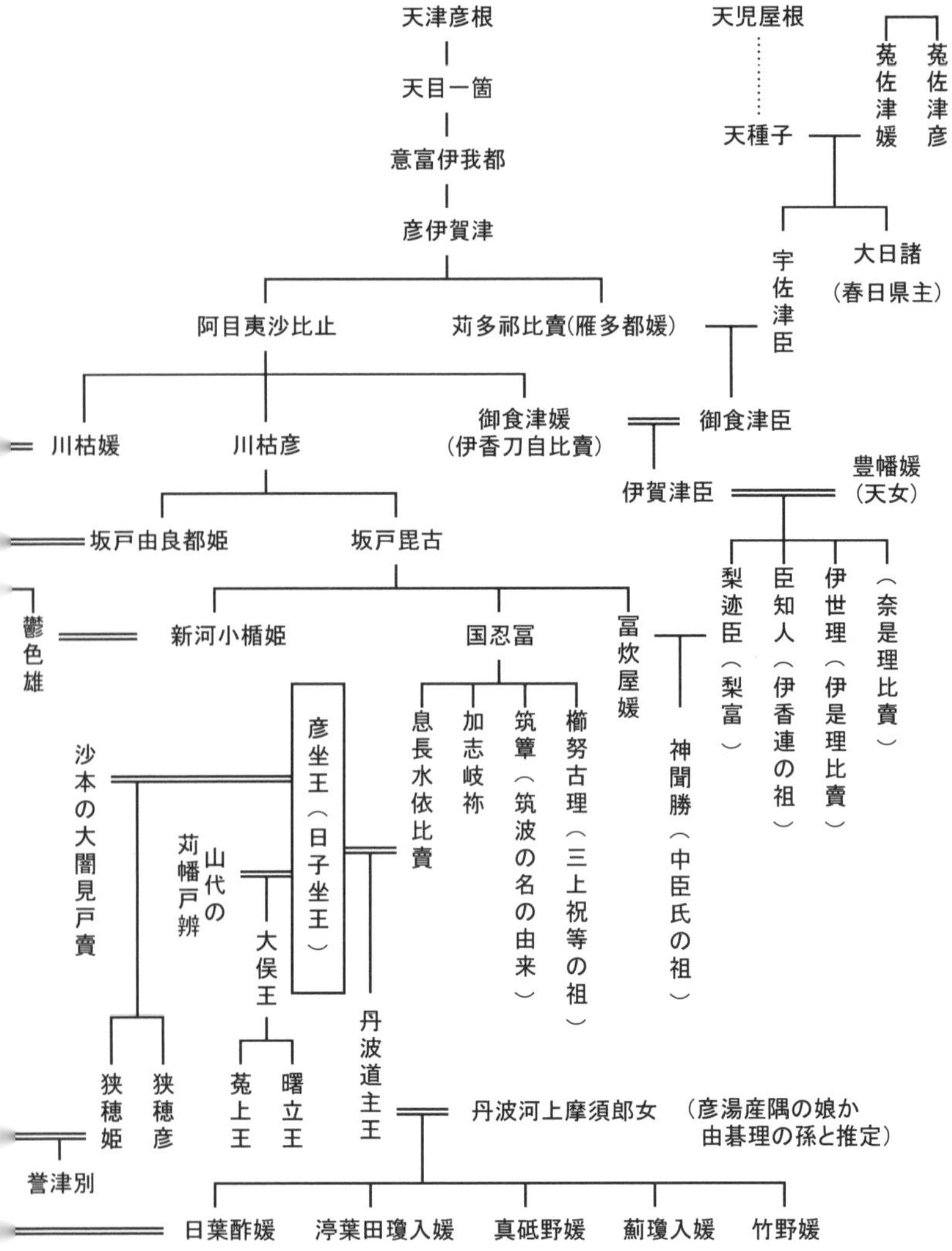

『古事記』では、比婆須比賣、弟比賣、歌凝比賣、圓野比賣の四姉妹

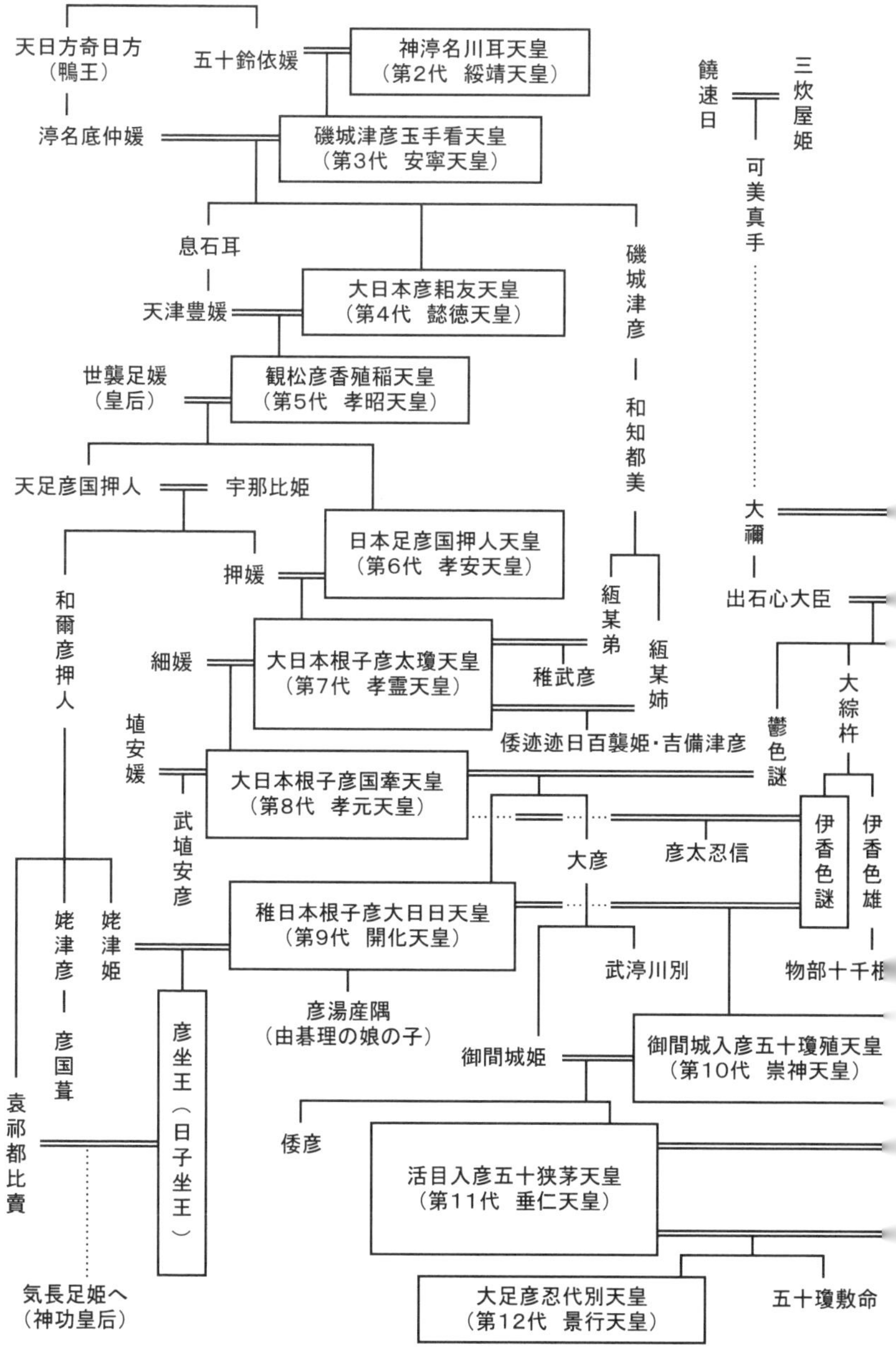
天日方奇日方
（鴨王）
五十鈴依媛
神渟名川耳天皇
（第2代　綏靖天皇）
饒速日
三炊屋姫
渟名底仲媛
磯城津彦玉手看天皇
（第3代　安寧天皇）
可美真手
息石耳
磯城津彦
大日本彦耜友天皇
（第4代　懿徳天皇）
天津豊媛
世襲足媛
（皇后）
観松彦香殖稲天皇
（第5代　孝昭天皇）
和知都美
天足彦国押人
宇那比姫
大禰
日本足彦国押人天皇
（第6代　孝安天皇）
押媛
出石心大臣
和爾彦押人
絙某弟
細媛
大日本根子彦太瓊天皇
（第7代　孝霊天皇）
稚武彦
絙某姉
大綜杵
埴安媛
倭迹迹日百襲姫・吉備津彦
鬱色謎
大日本根子彦国牽天皇
（第8代　孝元天皇）
武埴安彦
伊香色謎
伊香色雄
大彦
彦太忍信
姥津彦
姥津姫
稚日本根子彦大日日天皇
（第9代　開化天皇）
武渟川別
物部十千根
彦坐王（日子坐王）
彦湯産隅
（由碁理の娘の子）
彦国葺
御間城姫
御間城入彦五十瓊殖天皇
（第10代　崇神天皇）
袁祁都比賣
倭彦
活目入彦五十狭茅天皇
（第11代　垂仁天皇）
気長足姫へ
（神功皇后）
大足彦忍代別天皇
（第12代　景行天皇）
五十瓊敷命

倭国《わ》は古《いにしえ》の倭奴《いぬ》国なり。
日本は旧《もと》小国、倭国の地を併《あわ》せたり。

『旧唐書《くとうじょ》』「倭国日本伝」より

一　伊香色謎《いかがしこめ》

西暦二二〇年、庚子《かのえね》の年、軽《かる》（橿原市大軽町付近）の都。

大日本根子彦国牽天皇《おおやまとねこひこくにくる》（第八代　孝元《こうげん》天皇）は、ため息をついた。目の前には、美しく盛り付けられた料理が並ぶ。

「もういらぬ」

食欲不振が続く天皇のために取り寄せた、最高級の品々。だが、その彩りが目に障り、匂いが鼻につく。

「疲れた。横になる」

寄り添う皇后の肩を借りながら、彼はゆっくりと腰を上げる。皇后鬱色謎《うつしこめ》は、気品溢れる大人の女性。その後ろに従う若い女は、妃の一人で埴安媛《はにやすひめ》という。彼女達に付き添われ、今日も一日この寝所で過ごすことになりそうだ。

「道を開《あ》けよ！」

突然、女性の声が響いた。

「見舞いに来たのだ。通さぬか！」

華やかで張りのある声。天皇は顔をしかめる。

「ああ、やかましい。あの声を聞くと余計に具合が悪くなる」

「伊香色謎《いかがしこめ》様が皇子様をお連れです」

続く取次ぎの声に、天皇の額からは汗が噴き出す。

「皇子？　誰の子か、わかったものか！」

伊香色謎《いかがしこめ》は、もう一人の妃で、皇后鬱色謎《うつしこめ》とその兄鬱色雄《うつしこお》大臣の姪でもある。埴安媛より先に妃になった彼女だが、未だ見舞いも許されていない。天皇と皇后の息子、美しい皇太子《ひつぎのみこ》、大日日《おおひひ》との仲を疑われているのだ。

皇后は表情を変えない。何も言わず、ただ夫の汗を拭っている。

「すぐに立ち去るよう、私が申し伝えます！」

きっぱり告げたのは、二人を凝視していた埴安媛。そのまま部屋の外へと向かう。

扉の外では、伊香色謎が所在なげに待っている。その落ち着かぬ様子さえ、風に揺れる花のよう。絶世の美女と言っていい。乳母に手を引かれている男児は、彼女が産んだ彦太忍信《ひこふつおしのまこと》だ。

開く扉に向けられたすがるような表情は、埴安媛に気づくと強張った。

「今すぐ立ち去りなさい！」

命令口調の埴安媛。伊香色謎の頬には血がのぼる。

「お前に言われる筋合いはない！」

妃二人が言い争っているところへ、知らせを受けた欝色雄大臣が駆け付けた。

「御病気の天皇様の寝所の前で何を騒いでいる！　やめぬか！」

彼は、伊香色謎の父の兄。

「伯父上様、お取次ぎください！」

「大臣様、天皇様は『やかましい』と仰せです！」

「何を！　無礼な！」

声を荒げた姪を叱りつけた。

「いい加減にせよ！　自分の立場がわからぬか！」

埴安媛は得意満面。悔しい伊香色謎は、味方を求めて周囲を見回す。だが、誰も彼女と目を合わせようとしない。天皇の信頼を失い不貞を疑われている、若く美しいだけの妃。天皇に疎まれ見舞いすら許されぬ、哀れな母子。好奇の視線は肌で感じるのに、彼女の視線を受け止めるのは、怯えた顔の幼い息子だけ。

険しい顔で、鬱色雄大臣は命じた。

「父親の屋敷へ帰れ！　寝所に近づいてはならぬ！」

翌日、伊香色謎の父である大綜麻杵《おおへそぎ》の屋敷に、鬱色雄大臣が現れた。彼の腹の中は怒りで煮えたぎっている。

大臣と皇后、大綜麻杵《おおへそぎ》の父方は、饒速日《にぎはやひ》に始まる名家。代々重臣として祭祀を司ってきたが、皇后を輩出するにはいたらなかった。金属加工の神「天目一箇神《あめのまひとつ》」の血を引く一族の女性達と婚姻を繰り返し、武器製造の技術をも手に入れ、ようやく輩出できた皇后、それが鬱色謎なのだ。

「自分の娘も抑えられないのか、お前は！」

鬱色雄は怒鳴った。天皇家の外戚となり、その地位を固めようという大事なときに、なんということをしてくれるのだ。

「よりによって皇太子に色目を使い、家臣や侍女達にまで侮られるとは。あげくに天皇の寝所の前で騒ぎを起こしおって！」

「申し訳ありません」

神妙に頭を下げる父親を庇い、伊香色謎が口をはさんだ。

「伯父上様、誤解です…」

「目上の話は黙って聞け！」

「でも…」

「黙れ！」

大臣の顔が真っ赤に染まる。

「お前のそういう所が、皆の反感を招くのだ！　絶世の美女だと？　自惚《うぬぼ》れるな！　気が強いだけの小娘《こむすめ》ではないか！」

「兄上…」

今度は父が娘を庇う。

「悪気はないのです。この娘《こ》を責めても何も変わりません。大日日様の正妃、姥津媛《ははつひめ》様は、丹波の支持も得ている。このまま次の皇后になられては、我等の居場所がなくなります。何か手を打たなければ」

「そうだ。丹波は大倭を牛耳り、卑弥呼とも繋がっている」

最大の問題は、それなのだ。

「一人の天皇に二人も美女を与え、我等は持ち駒を無駄に使ってしまった。姥津媛に勝てるのは、この伊香色謎くらいであったものを」

そして、突っ立っている伊香色謎に目をやり、ため息まじりに言った。

「お前は、焦らず大日日殿の妃になればよかったのだ。お前もいつかわかるだろう。自分の愚かな我《が》の強さが、一族の顔をつぶし夢を壊した、とな」

「兄上、今後はむやみに動かぬよう、よく言い含めます」

弟の言葉に鬱色雄は首を横に振る。

「この娘に今後など、あるものか。二度と人前に姿を見せるな」

伯父の怒りと落胆の激しさは、伊香色謎の身にも応えた。大日日尊に惹かれなかったとは言わないけれど、実際には何もしていない。なのに誰も信じてくれない。格下の埴安媛から馬鹿にされ、頼りにしていた伯父からは、人前に姿を見せるなとまで言われた。これからどう生きていけばよいのか。惨めな気持ちを持て余し、身の回りもかまわず息子のことも忘れ、彼女は毎日ただ泣き続けた。

一人の老人が訪ねてきたのは、そんなある日のことだった。

「伊賀津臣《いかつおみ》様が筑紫から戻られ、姫様のお顔を見たいそうです」

侍女の言葉に、伊香色謎は枕から顔を上げる。

「伊賀津臣様が？」

姿を現した老人は、伊香色謎の祖父、祖母双方と従兄弟にあたる伊賀津臣。彼は、筑紫の宇佐の菟狭津媛《うさつひめ》と天種子《あまのたね》の曾孫にあたり、邪馬台国の卑弥呼とも接点を持っている。

「私を訪ねて来るとは、いったい何の御用でしょう」

着ているものには皺《しわ》が寄り、美しい黒髪は寝乱れている。両瞼も形の良い鼻先も唇も、ふっくら赤く腫れている。にもかかわらず、その少女のような姿は誰より美しく愛らしい。伊賀津臣は優しく微笑んだ。

「従兄弟の可愛い孫娘に会いに来てはいけませんか」

伊香色謎は、唇を少し突き出し、視線を落としながら言う。

「私に優しくしても無駄です。伯父上様も伯母上様も、私を疎ましく思っている。天皇様の寵愛は受けられず、表に出ることも禁じられ、私はこのまま朽ち果てるだけ」

そう口にすると、自分が心底憐れに思え、また涙があふれ出た。

「私はもう終わった女です」

子供のようにしゃくりあげる彼女に、老人は思わず噴き出した。

「そう言わず、私と何か話をしましょう。寵愛を受けるだけが、人生の目的ですか？広い世界に目を向けてみませんか？　邪馬台国の女王の話などどうでしょう。あるいは、広い海をまたにかける大倭《おおやまと》の話でも」

そう言えば、と彼女は思い出した。宮殿で一度、卑弥呼に会ったことがある。丹波の大県主由碁理《おおあがたぬしゆごり》と一緒だった。独特の雰囲気。誰にも似ていない。いや人でさえないような圧倒的な印象。私のすべてを一目で見抜かれた気がした。

老人は、話し出す。昔、筑紫北部を中心とした倭奴国という強大な国があり、加羅や漢とも交流があったこと。その倭奴国が分裂し、激しい争乱の時代となり、その争いを収束させるために、超人的能力を持つ卑弥呼を女王に立てたこと。

「邪馬台国は、倭人が建てた多くの国の一つです。けれども、これらの国々の境を越えて動いている組織もある。それが大倭《だいわ》です」

「大倭《だいわ》?」

「大倭《おおやまと》とも言います」

「天皇様のお名前の大倭ですか?」

「そうです」

老人の話は続く。風や波を読み船を操《あやつ》る人々は、従来の国境を超越し、越《こし》の国から筑紫、そして加羅までの海を自由に行き来し、人や物、情報を運び、各地で開かれる市をも支配している。彼等の勢力圏こそが「大倭」と呼ばれるものだ。卑弥呼は、筑紫北部の邪馬台国の女王であると同時に、大倭の西の拠点の支配者として、加羅や大陸に渡るすべての交易を管理下においている。

「けれども、大倭の真の拠点は丹波です」

伊賀津臣の言葉に、伊香色謎は驚く。

丹波の大県主《おおあがたぬし》由碁理《ゆごり》が属する尾張葛城の一族は、天皇家に近く、皇后世襲足《よそたらし》媛を輩出した名家。自らの正統性を誇示するため、彼等は世襲足《よそたらし》媛の血を受け継ぐ天皇を人倭の王に戴いている。そして、卑弥呼自身、この一族の出身なのだ。

涙を拭い、何気に聞き始めた伊香色謎だったが、次第に老人の話に引き込まれていく。「天皇は大倭の大王でもある」という話は聞いたことがあったが、それがどういう意味なのか、深く考えたことはなかった。その大倭が、あの卑弥呼と繋がっていたとは。

「それでは、卑弥呼も丹波の一族なのですか」

「そうです。だから彼女も饒速日殿の血を引いている。姫様の父方は、饒速日殿が降臨してから生まれた可美真手《うましまで》殿の末裔、丹波は饒速日殿が降臨する前に生まれた息子の高倉下《たかくらじ》殿の末裔。いわば、両家は異母兄弟の関係です」

「そして、丹波は天皇家とも繋がり、大倭を支配している」

卑弥呼が丹波の大県主由碁理と一緒にいたのは、そういうことだったのか。と、彼女は初めて合点がいった。伯父達が丹波への対抗心を剥き出しにする理由も。

「でも…」

と湧いた疑問を口にする。目上の話は黙って聞け、と叱られたばかりだが、尋ねずにはいられない。

「いくら交易のこととは言え、国境を無視して干渉されるのは、普通は面白くないと思うのではありませんか」

老人は、膝を打った。

「さすがは姫様！　鋭いご指摘！」

口を挟まれて怒るどころか、身を乗り出して話し出す。

「不満を口にさせない強力な組織を卑弥呼は持っています。大倭も交易を邪魔させないための軍備は備えている。それでも邪馬台国の南の狗奴国などは、あからさまに反感を示しています」

　伊香色謎は、首をかしげる。女が媚《こび》を売る仕草ではない。本当に知りたいことに、初めて出会ったのだ。

「卑弥呼や大倭は、反感を抱く国を武力で制圧しないのですか？」

「そんなことをする必要はありません」

「なぜですか」

　彼女の真剣な表情に、伊賀津臣は驚きを感じていた。この若い女性は、噂に聞いていた美しいだけの色狂いの小娘とは違う。もっと賢い、深い知恵と感性を持っている。卑弥呼とはまた違うが、きっと特別な女性なのだ。彼は答える。

「彼等の目的は、土地や民を得ることではありませんから。土地や民を奪えば、その土地に縛られ、支配を維持するための新たな人手や組織が必要になる。彼等が欲しいのは、そういうものではない。交易により新しい知識や技術を手に入れ、産物を交換して富を得ることです。交易に使う作物や奴隷は必要でも、それ以上の土地や人間を得るために命を懸けたりはしないでしょう」

伊香色謎もまた、自分自身の感情に驚いていた。適宜質問をしながら話を聞いているうち、埴安媛のことなど忘れていたのだ。天皇の寵愛が得られないことも。ましてや、最初から悪意を持った人々に自分の無実を信じてもらうことなど、もうどうでもよくなっていた。

老人が帰った後も、伊香色謎は自分に問いかけていた。何だろう、この初めての感覚は。大倭や卑弥呼の話を聞きながら感じた、強い渇望感。人生をかけて得たいと感じた、何か。私が本当に望んでいること。その正体を見定めたくて、彼女はずっと考え続けた。

「お父様、卑弥呼を呼びましょう」

その提案は、唐突だった。

「私も天皇様の妃。快癒をお祈りすることは、おかしなことではありません。史上最強の巫女卑弥呼を呼び、天皇様の回復を祈るのです」

大綜麻杵《おおへそぎ》は驚き、娘の表情を窺《うかが》いつつ答える。

「卑弥呼は、ただの巫女ではない。邪馬台国の女王として、大倭の要《かなめ》ともなっている。そう簡単に呼べるものか」

「天皇様は、その大倭にとっても大王なのでしょう？　卑弥呼に祈らせて、何が悪いのですか？」

父親の目をまっすぐに見返す娘。その潤いに満ちた若い瞳には、強い輝きが宿っている。ついこの間まで終日めそめそ泣いていたのに、いったい何がどうしたと言うのか。

我等は、神へ奉納する物を作って祭祀を行い、代々重臣を務めてきた、由緒ある家柄。だが、皇后を輩出できたのは、金属冶金を司る雷神一族の血を得たためだ。だからこそ我等は敢えて「雷神が憑《つ》く者」と名乗っている。鬱色雄、鬱色謎の「鬱《うつ》」は「雷《かみなり》」の「ウル」。「伊香」は「雷《いかづち》」の「いか」。「色雄《しこお》」や「色謎《しこめ》」は、神が憑いた男女のこと。大綜麻杵《おおへそぎ》の「綜麻《へそ》」は、雷神を捕らえた麻糸の「綜麻《ちょま》」。

それにしても、この娘の変わりようは尋常ではない。本当に雷神が憑《つ》いたのだろうか。

「…でも、どうやって」

当惑しつつ尋ねる父親に、美しい娘はきっぱりと答えた。

「私に考えがあります。尾張と葛城を結ぶ、丹波の大県主由碁理《おおあがたぬしゆごり》殿に話をします。お父様は、伯父様の了解だけ得てください」

話を聞いた欝色雄大臣は、急いで弟の元へ駆けつけた。出しゃばりめ！　大人しくほとぼりが冷めるのを待つこともできないのか！

「お前の小娘が、また馬鹿げたことを言い出したそうではないか！」

弟に向かう大臣の前に、その小娘が立ちはだかる。

「馬鹿げたことではありません」

「卑弥呼を呼べたとして何になる。欝色謎は今の天皇の皇后。お前も一応は妃《きさき》。賞賛を受けたとて、天皇が亡くなるまでのこと。我等に先はない」

伯父の言葉を、伊香色謎は遮った。

「私は、次の天皇大日日様の皇后になります」

「何を言う！　お前は、今の天皇の妃ではないか！」

驚きのあまり、目上に対する無礼を咎めることも忘れている。

「叔母や姪を皇后にした例は、いくらでもあります。庶母が皇后になってもよいのではありませんか」

彼女は何かが変わっていた。全身から、何か威厳のような光が溢れ出ている。

「第一、お前は、今の天皇にも大日日殿にも疎まれている」

「だから卑弥呼を使うのです。私を皇后にすれば、丹波にへつらわずとも大倭《おおやまと》が手に入ると、大日日様に言いましょう。天皇の地位につく男。野心がないわけがない。断ることはしないでしょう」

大臣もいつしか理詰めで反論している。

「大倭は、丹波の由碁理たちが牛耳っている。奴らは卑弥呼とも親戚だ。縁遠い我等がどうして大倭を使えるのだ」

伊香色謎の答えは、簡潔だった。

「この地に卑弥呼の祭祀場を作ります」

二人のやりとりを聞いていた大綜麻杵も、驚きでひっくり返りそうになる。鬱色雄大臣は、なおさらだ。

「また突拍子もないことを！　それでは逆に、大倭の力が増すではないか！」

伊香色謎は、たじろがない。

「いいえ、卑弥呼と邪馬台国を引き離し、大倭の力を削ぐのです。それに、大倭が国境を越えて交易を支配していることをよく思わない国もあると聞きます。卑弥呼が我等と近くなれば、彼等の疑心暗鬼は高まり、内輪もめが起きるでしょう」

大綜麻杵は、ぽかんと口を開けて娘を眺める。いつの間にそのようなことを考えていたのか。同じように開いた鬱色雄大臣の口元は、すぐに引き締まった。

「なるほど。一理ある」

「我等が大倭と手を結べば、丹波から皇后を選ばずともよいはず。我等が大倭を牽制しつつ管理できるとなれば、大日日様にとっても、私を皇后に迎える意味はあるはず」

伊香色謎は続ける。

「磯城《しき》の北側に新たな祭祀場を作りましょう。天皇の回復をそれほど願っているのは、皇后と私。邪馬台国の女王、有名な巫女王である卑弥呼さえ呼びつけることができる我が一族であると、人々の目に焼き付けるのです」

少し考えていたが、大臣は言った。

「確かに、次の皇后も我が一族から出せれば、それが一番だ。だが、由碁理も賢い男だ。お前の策略に乗るかな」

そう問いかけながら、鬱色雄の頭の中には答えが湧いていた。大臣である自分が言っても無理だ。警戒され、見透かされる。この若く孤立している妃が頼れば、乗るかもしれぬ。愛らしい顔をして、そこまで計算しているのだ。恐ろしい女だ。

突然訪れた伊香色謎に、丹波の大県主《おおあがたぬし》由碁理《ゆごり》は戸惑っている。現天皇に疎まれているとの噂はあるが、それでも彼女は天皇の妃、そして皇后と大臣の姪。邪険にもできない。

話を聞いても、由碁理の戸惑いは増すばかりだ。

「この地に卑弥呼殿の祭祀場を作るなど、天皇様はお許しになるのですか」

伊香色謎は愛らしい顔で由碁理を見上げ、無邪気に問い返す。

「天皇様はご病気です。最高の巫女《みこ》王様にお願いして、その平癒を祈願するのです。何か問題がありますか」

「問題というより……」

彼女の無邪気な装《よそお》いを信じるほど、世間知らずではない。困った由碁理は、率直に問うた。

「条件は何ですか」

彼女の顔から、装《よそお》いが消える。

「私は不貞を疑われています。私と私の息子を支えてください。天皇様亡き後も。由碁理殿にとっても悪い話ではない筈」

それなら一理ある。由碁理は頷き、言った。

「わかりました。一族の者と相談してみましょう」

由碁理の一族は、饒速日《にぎはやひ》の息子である高倉下《たかくらじ》の末裔。饒速日の六世孫である建田背《たけだせ》は海部直《あまべのあたい》、丹波国造《たんばのくにのみやつこ》、但馬国造《たじまのくにのみやつこ》等の祖。由碁理は、その建田背《たけだせ》の息子だ。彼の妻は葛城氏の祖となる垂見宿祢《たるみのすくね》の娘。妹の大海媛は、尾張連《おわりのむらじ》の祖。娘の竹野《たかの》媛は大日の妃となり、彦湯産隅《ひこゆむすみ》という皇子を産む。

邪馬台国の女王卑弥呼も、同じ一族の出身。大倭《おおやまと》の西の拠点で海上交易を仕切っている。都の近くに祭祀場を作るというのは、悪い話ではない。卑弥呼自身は乗り気でないが、表舞台に出る絶好の機会である。一族は、伊香色謎の提案を受け入れることにした。

磯城《しき》の北側にできた新しい祭祀場は、人々の注目を集めた。あの有名な巫女王卑弥呼が関わっていると聞けば、皆興味津々である。祭祀場の運営には、尾張の他、倭迹《やまとと》迹日百襲姫《とひももそひめ》や吉備津彦も協力している。二人は、現天皇の異母兄弟。吉備からも多くの焼き物が届き、華やかに祭祀場を飾った。

翌年、初夏、春日。

軒の端に現れた水玉は、次第に膨らみを増し、自らの重みで次々に落ちていく。父に抱かれた幼い皇子は、差し伸べた小さな手に水滴を受け、声を上げて笑った。

「雨が嬉しいか」

若い父親は微笑み、息子の顔を覗き込む。切れ長の目をした美しい長身の男、稚《わか》日本根子彦大日日尊《やまとねこひこおおひひのみこと》、後の第九代開化天皇。幼子の名は彦坐王《ひこいますのみこ》という。傍らに寄り添うのは、この子の母親である正妃姥津媛《ははつひめ》。第五代天皇の皇后であった世襲足媛《よそたらしひめ》の曾孫で、大倭とも縁がある女性だ。

従者の一人が姿を現した。

「大日日様、鬱色雄大臣が来られました」

「通せ」

大臣が春日まで訪ねて来るとは何事か。

「父上がいよいよ危ないのか」

皇太子の問いに、鬱色雄は頭を下げる。

「それもございます」

「他に何か」

大臣は、ちらりと姥津媛を見やった。腕に抱いた息子を大日日が下ろすと、彼女は息子の手を引きながら場を後にする。その後ろ姿を見届けながら、鬱色雄大臣は声を潜めて続けた。

「お父上が亡くなられた後のことでございます」

「磯城《しき》には戻らぬぞ」

磯城は、都が置かれている場所。父親の妃、従妹でもある伊香色謎とあらぬ噂を立てられ、父親に疑われた場所でもある。思い出しただけで気分が悪い。

「怪しい祭祀場まで作りおって」

「お父上は、大倭《おおやまと》の大王様でもありますから。それに、倭迹迹日百襲姫様も吉備津彦殿も、お父上の異母兄弟。何も怪しいことはございません」

「残念ながら、私は大倭の大王とは認められていないようだが」

自嘲気味に皇太子が言うと、大臣はいきなり本題に入った。

「皇太子《ひつぎのみこ》様、ご即位の暁には、伊香色謎を皇后にお迎えください」

「何を言う！　あの女は、父上の妃だ！」

思わず怒鳴った大日日に、大臣は問いかける。

「大日日様は、ずっと大倭に気を遣いながら過ごされるのですか？　姥津媛様も竹野媛様も、そのために娶られたのでしょう。それでも『大倭』を名乗ることは確約されていない。大日日様の母君が、丹波の出身でないからです。天皇になるお方が、そのような扱いを受けて、それでよろしいのですか？」

大日日は、伯父でもある鬱色雄大臣の顔を見つめた。

「伊香色謎は、確かに気が強い。若気の至りで、いろいろお気に障ることもしたでしょう。けれども、彼女は美しいだけの女ではありません。知恵と強い意志、そして人を動かす力を持っている。祭祀場を作ったのも、卑弥呼を筑紫から遠ざけるため。ひいては大倭を天皇家直属の組織にするため。彼女を皇后にすれば、大倭は大日日様のものにできるでしょう。第一、幼い頃から知っている従妹《いとこ》ではありませんか」

思いがけない展開に、大日日の頭は激しく混乱している。確かに、丹波に遠慮して生きるのは面白くない。大倭を手に入れられれば、それが一番。だが、よりによって伊香色謎とは！　それに姥津姫はどうなる？　彼女が産んだ彦坐王は？

揺れ動く胸の内を見ていたように、鬱色雄大臣が言う。

「姥津姫様と彦坐王様のことをお考えですね」

「そうだ。姥津姫は穏やかで控えめな性格。なんとか納得させられるだろう。問題は彦坐王だ」

「彦坐王様も、姥津媛様に似て温厚で穏やかな性格と聞いております。幼子であるにもかかわらず、我儘《わがまま》ひとつ言われないとか」

「だが、あの子だけの問題ではない。彦坐王を将来の天皇とみなしている連中が納得するだろうか」


九月、大日本根子彦国牽天皇《おおやまとねこひこくにくるのすめらみこと》（第八代　孝元天皇）が逝去し、十一月に稚日本根《わかやまとね》子彦大日日天皇《こひこおおひひのすめらみこと》（第九代　開化天皇）が即位した。前の天皇の妃であった伊香色謎が、義理の息子である新天皇の皇后になったことは、人々に大きな驚きを与えた。

亡くなった天皇の妃、埴安媛は悔しさに震えている。何がどうなっているのか、まったく納得がいかない。新天皇の皇后は、正妃の姥津媛ではなかったのか。伊香色謎が、なぜ皇后になれるのか。皆に疎《うと》まれ蔑《さげす》まれていたではないか。

「姥津姫様、私は姫様の味方です。伊香色謎に負けてはなりません」

そう訴えに行っても、姥津媛は諦めたような微笑みを浮かべるだけ。

「彦坐王様、伊香色謎を許してはなりません！」

幼い皇子に言い聞かせても、きょとんとしている。

どこまでお人よしで、どこまで腑抜けな母子なのだ！　あんな女にしてやられて、悔しくはないのか！


やがて伊香色謎は、御間城入彦五十瓊殖尊《みまきいりひこいにえのみこと》（後の第十代崇神《すじん》天皇）を産んだ。神々しい光に包まれた赤子の姿に、彼女の胸は高鳴る。周囲の人々の敵意は、最初から承知していた。埴安媛だけではない。姥津媛と彦坐王親子を支持する人々、大倭の中枢にいる丹波の人々、皆が伊香色謎の横槍を怒り、その地位を失うことを望んでいる。ひりひりと肌を刺すような敵意。これからずっとこの中で、新しい道を拓いて行くのだ。その覚悟はできている。

前の天皇の妃として産んだ息子は人に託した。彦太忍信《ひこふつおしのまこと》、後に武内宿禰の祖父となる男子だ。皇后として産んだ御間城入彦《みまきいりひこ》一人に集中しなければ、この子を守り抜くことはできない。

「そなたは何も心配するな。そなたこそ初国しらす天皇《すめらみこと》。筑紫や吉備、丹波や越《こし》、東の海に至るまで、すべてを治める最初の天皇《てんのう》。邪馬台国も大倭もそなたのもの。この母が必ずそうしてみせる」

美しい母親は赤子に寄り添い、何度も何度も繰り返す。赤子から一時《ひととき》も目を離さず気を張り続ける娘を案じ、大綜麻杵《おおへそぎ》は言った。

「お前の意思の強さと勇気は認めよう。だが幼い男子は、ただでさえ命を失いやすいもの。母親以外の味方も必要だ。信頼できる者を得て、お前も少しは休みなさい」

愛らしい両目をきっと見開き、娘は答える。

「この子の周りは敵ばかり。この子の父親さえ信用できません」

大綜麻杵はため息をついた。

「落ち着いてよく考えてみよ。賢いお前ならば、良い知恵が浮かぶだろう」

数日後、伊香色謎が密《ひそ》かに訪ねたのは、大日日天皇の同母兄である大彦《おおびこ》だった。その名の通り、彼は大柄で大らかな性格。私欲が少なく、弟の即位も素直に祝福している。

「大彦様」

赤子を抱いた皇后伊香色謎は、美しい瞳で見上げる。子供の頃から際立って美しかったが、皇后になってからさらに輝きを増している。

「大彦様は幼い頃から、私にとって頼れるお兄様でした。今、宮殿は敵ばかり。この子が無事に育つか、いつも心配でたまりません。大彦様、どうか幼い頃のように、私たち親子を守ってくださいませ」

鬱色謎を母に持つ大彦にとって、生まれたときから知っている伊香色謎は、可愛い従妹。弟の大日日と彼女の息子は、大切な甥。人が良い大彦は彼女を嫌ってはいないし、彼女の訴えも当然に思えた。

「心配なさるな。お二人が常に守られるよう、私が手配しましょう」

大彦の声は温かい。彼を味方につけようと策を練って臨んだ伊香色謎であったが、その声を聞いたとき、初めて心ある味方を得たことを知った。

月日は流れる。

御間城入彦《みまきいりひこ》（後の第十代崇神天皇）は、母親や大彦達に守られて成長し、大彦の娘の御間城姫を正妃に迎えた。彼は母親と異なり、人目を引くような派手さは持ち合わせていない。幼い頃から思慮深く、真面目な人格者だ。常に国や民を思いやり、神祇を敬い、努力を惜しまない。

一方、都に祭祀場を設けた大倭も一層力を増している。天皇ではなく卑弥呼が「大倭の王」と呼ばれているほどだ。その大倭に近い姥津《ははつ》媛の子、彦坐王《ひこいますのみこ》は、穏やかな人柄でありながら芯が強い。物事の急変を恐れず柔軟に対応できる度胸と能力を持ち、大倭に関わる人々の信頼も厚い。

御間城入彦と彦坐王。二人の父親である大日日天皇は、彦坐王のことも気にかけており、皇后伊香色謎の心中は穏やかではない。煮え切らない天皇に痺れを切らし、彼女は動き始めた。

「大彦様、天皇様はいまだに御間城入彦様一人を後継者とすることに迷いをお持ちのようです。大倭が持つ情報網や富が捨て難いのでしょう。海を渡る交易は大倭の得意とするところ。大倭が西なら、我等は東へ。大倭に劣らぬ存在感を示さなければ」

伊香色謎の提案に、大彦も応える。

「私は越へ行きましょう。息子には東の地を任せましょう」

大彦の息子の武渟川別《たけぬなかわわけ》は、御間城姫の兄。彼もまた妹が可愛くてたまらない。

越を目指す大彦が、奈良盆地を北上し、山代との境の平坂まで至ったときだった。

一人の少女がいて、こう謡《うた》った。

「御間城入彦はや、己《おの》が命を弑《し》せむと、窃《ぬす》まく知らに、姫遊びすも」

「なぜ、そのようなことを言う！」

大彦が問うと、

「言っていない。ただ歌っただけ」

そう言って、少女の姿はかき消えた。けれど少女は確かに言った。「御間城入彦よ。命が狙われているのに、女と遊んでいる場合なの？」と。我が娘御間城姫と一緒に甘い新婚生活を送っている場合か、と。

悪い予感がよぎり、都へ引き返そうとしたとき、伝令が入った。

「大彦様！　武埴安彦《たけはにやすひこ》の妻の吾田《あた》媛が、天香山《あまのかぐやま》の土を取って持ち去るのを見た者がおります。おそらく謀反です！　お戻りください！」

武埴安彦は前の天皇の息子。彦坐王達の根拠地、山代《やましろ》で暮らしている。母親の埴安《はにやす》媛《ひめ》は、伊香色謎を心底嫌っていた。大彦の顔色が変わる。天香山の土を取るのは、倭を支配する祈願のため。初代磐余彦《いわれひこ》天皇の故事に倣ったのだ。

急いで磯城《しき》の都に戻ると、伊香色謎が待っていた。その傍に立つのは、娘婿の御間城入彦。大人しいと思っていた甥は、全身に緊張を漲《みなぎ》らせているが、恐れや動揺の色はない。

「武埴安彦は北の山代から、妻の吾田媛は、西の大坂から、二手に分かれて都へ向かっています！」

大彦が報告すると、伊香色謎は険しい顔で指示を出す。

「大彦殿と彦国葺《ひこくにふく》殿は、山代へ向かってください！　吉備津彦殿は大坂へ行き、吾田媛を討て！」

大彦に従う彦国葺は、姥津媛の兄姥津彦の息子。彦坐王の従兄弟だ。二人は兵を率い、ただちに平城山《ならやま》へと向かう。そして平城山を越えたところで、木津川を挟んで武埴安彦軍と対峙した。

彦国葺と気づいた武埴安彦が問いかける。

「なぜ、兵を率いて来た」

「逆賊を討つよう、命を受けた」

「私は、前の天皇の皇子。逆賊ではない！」

武埴安彦は叫ぶ。

「倒すべきは、伊香色謎親子！　奴らこそ天の敵！」

「では神の声を聞け！　矢を射てみよ！」

彦国葺の声に応じて放たれた矢は、的をかすりもしない。続いて彦国葺が放った矢は、武埴安彦の胸を貫いた。怯えて逃げ始めた軍勢を、大彦達の兵が追う。

半数以上の者の首が斬られ、河原は死体で埋まった。糞を漏らしながら逃げる者、額を地面にこすりつけて許しを請う者。川面には、武埴安彦の兵達の遺骸が鵜のように浮いている。

大坂へ向かった吉備津彦も、吾田媛を殺し、その軍を打ち破った。

「危ないところでした。間に合ってよかった」

大彦の言葉に、伊香色謎親子の元に集まった多くの武将達が頷く。彼女を皇后と認め、御間城入彦を皇太子と認める者達だ。その衣類は濡れ、足元は泥にまみれている。伊香色謎と若い皇子夫妻を守るために命をかけてくれた者達。

「これは始まりにすぎません。統一倭国を築くための戦いの幕開けです。これからも心を一つにして進まねばなりません」

そう言いながら胸が詰まり、彼女は自分に驚く。我が息子、御間城入彦に向けられる多くの視線には、熱い忠誠心が宿って見えた。彼女の目頭も熱くなる。ようやく彼等の信頼を得ることができたのだ。

伊香色謎達が結束を固めつつある中、栄耀栄華を謳歌する大倭にも、少しずつ亀裂が入り始めていた。「大倭の王」にして最高の巫女王、その卑弥呼も年老いた。都と邪馬台国を行き来する回数は減り、邪馬台国にいないときが増えた。交易の管理も、大倭任せが多くなる。卑弥呼の直接統治が緩んだ邪馬台国は弱体化し、南の狗奴国から度々攻撃を受けるようになっていた。

狗奴国は、西は佐賀県武雄市となる杵島まで、東は阿蘇山まで広がり、温暖な気候と豊かな水に恵まれた広大な平野を支配している。この土地で多くの人々を差配して稲作を行い、収穫を守るための軍隊も持っている。狗奴国王にとって、国境を無視して他国に介入する大倭も、それと一体化している邪馬台国も許容できるものではない。かつての倭奴国の後継を自認する狗奴国としては、当然のことだ。

頻発する狗奴国との戦いは、大倭にとっても無視できないものとなっていた。大倭はもともと「海の民」であり「商いの民」。その中心となる尾張や葛城の軍は、交易の安全と交易上の根拠地を守るためのもので、少数精鋭の基本部隊と、必要に応じて雇い入れる傭兵で構成されている。基本部隊は船での移動を念頭に置いているから、少数精鋭にならざるを得ないのだ。陸上で大規模な軍隊に攻められれば、苦しい戦いになるのは目に見えている。

　丹波に繋がる尾張や葛城の人々は集まり、協議を重ねる。

「伊香色謎達と手を結び、狗奴国と戦いましょう」

「彼等に頼れと言うのか！」

「不本意だが仕方がない。彼等は陸地での戦いに長けている。手遅れになる前に、狗奴国王を倒しましょう」

　やりとりを聞いていた卑弥呼が口を開く。

「待て。私は筑紫の人々を殺すために女王になったのではない」

「今は、そのようなことを言っている場合ではありません。伊都国や邪馬台国を守らねば、我等の交易もできなくなる」

「倭人を一つにまとめるために、私は女王になったのだ。殺しあうためではない」

「卑弥呼殿！」

「狗奴国と不仲なのは、今に始まったことではない。我等は、狗奴国の領土をよこせとは言っていない。今までずっと折り合ってきたではないか。なぜ殺しあう必要がある」

　卑弥呼も年をとった。いや、妙に理想主義なのは変わらない。頑固なのも昔からだ。欲がない人間は、扱いにくい。どんな餌にも食いつかない。欲がないのに実力がある。そんな人間が一番厄介だ。話し合いは、卑弥呼以外の面々で続けられる。

「卑弥呼殿は考えが甘い。きれいごとでは、我等は生き残れない」

「伊都国が狙われている。かの地は、千戸余り。軍隊で襲われては、皆殺しだ」

「どうする！」

「やはり伊香色謎皇后達に頼るしかない」

「卑弥呼殿は反対している」

「やむを得ぬ」

　卑弥呼の側近たちも対応を協議する。

「卑弥呼殿、魏に援軍を頼まれては」

　魏に朝貢していた卑弥呼は「親魏倭王」として認められ、金印紫綬も得ている。

「わかった。魏に使いを出そう。陸上の戦いは、魏の得意分野。魏が後ろ盾とわかれば、狗奴国も安易に攻めては来られまい」

　卑弥呼の指示により、彼女に近い人々によって魏に窮状を訴える書状が送られた。そして、このことが彼女と大倭の関係を揺るがすことになる。

　魏に朝貢するということは、魏の属国であると認めるようなもの。邪馬台国の女王としてならば、まだいい。だが、大倭の大王と見做されながら援軍を求めるのは、自ら属国となってへりくだることだ。というのが、伊香色謎達の主張だ。この神の国を、魏の下僕《しもべ》にするおつもりか、と。

　そう言われれば、大倭を率いる尾張・葛城連合も考えざるを得ない。

「由碁理殿、卑弥呼を屋敷にとどめ、邪馬台国との接触を断て。我等は皇后達と手を結ぶ」

「それでは大倭を皇后達に乗っ取られるのでは」

　由碁理の問いは、否定された。

「狗奴国は本気だ。今は、我等が生き残ることを第一に考えねば」

　そして、伊香色謎のもとへ使が行く。

「皇后様、力をお貸しください」

「やっと卑弥呼を説得できましたか」

「説得はできません。由碁理の屋敷に幽閉し、邪馬台国との接触を断ちます」

「魏はどうなりましたか？」

「幡と書状を送ってきました。頑張れと言ってきただけです」


二四七年、由碁理の屋敷に幽閉されていた卑弥呼が死んだ。大日日天皇と皇后伊香色謎の元へ報告に訪れたのは、由碁理だ。沈鬱な面持ちで、彼は告げる。

「卑弥呼が亡くなりました」

皇后は、尋ねる。

「そなたが殺したのか？」

「いえ、今朝寝床で眠ったまま死んでいました」

「八十歳も過ぎていたのだ。長生きしたものだ」

大日日天皇が呟く。

「邪馬台国も、これで終わりだな」

「葬儀は、どうしますか」

「大がかりにやることはない。ひっそりとやれ」

大日日天皇の言葉を、皇后が引き取る。

「それでは、卑弥呼の熱狂的な信者たちが納得しないでしょう」

「葬儀をやるのか」

伊香色謎は、にっこり微笑んだ。

「よい機会です。思う存分殉死させてあげましょう」

由碁理の顔が強張る。

「由碁理殿、何か反対でも」

「いえ。何も」

皇后は、笑顔で手を叩く。

「そうだ、殉死は、由碁理殿にお任せしましょう。あとで報告だけしてください」

「あれほどの力を持っていた巫女だ。十人やそこらでは、力を抑えきれまい」

大日日天皇が言うと、傍らに控えていた皇后の弟、伊香色雄大臣が賛意を表す。

「百人は必要でしょう」

宮殿を出た由碁理は、唇を噛みしめながら歩いた。卑弥呼の遺体は、まだ彼の屋敷にある。殉死など、卑弥呼が望むはずがない。それは、わかっている。けれども、彼女の影響力は確かに強すぎた。熱狂的な信者が確かにいる。邪馬台国を併合し倭国を統一する上で、彼等が厄介な存在になるのも確かだ。

屋敷に帰り着くころには、由碁理の腹は決まっていた。やるしかない。倭国統一のため。我等一族のため。そして、御間城入彦尊の妃となる妹、大海媛のために。

由碁理の屋敷で悲鳴が響き渡る。百人の人々が殺された。本当に熱狂的信仰を捨てなかった者達と、筑紫の衣装を着せられ殺された奴婢たちと。

「おやまあ、また派手にやりましたな」

伊香色雄大臣が確認に訪れ、大袈裟に驚いてみせる。血まみれの地面に倒れた人々が本当に死んでいるか、棒でつつかせながら、数えさせる。すごい臭いだ。衣服の裾が汚れぬよう気をつけながら歩く。

「ちょうど百人。確かに」

そして、振り向き、身震いしてみせる。

「由碁理殿も案外残忍なお方。恐ろしや」

由碁理は黙って頭を下げる。衣服は着かえたが、血の臭いは取れない。

「これで、卑弥呼の怨念も封じ込められるのですな」

「確かに」

「狗奴国は、我等物部の兵が必ず倒す。由碁理殿は、卑弥呼の霊を確実に鎮めていただきたい」

「伊香色雄殿」

由碁理は、思わず声をかけていた。

「我が一族は、饒速日直系。我等を粗末にされたら、卑弥呼の封印を解きますぞ」

「わかっている」

「それで?」

得意気に報告していた弟を、伊香色謎が遮った。

「狗奴国は抑えられるのか」

姉に詰問され、伊香色雄大臣の額に汗が浮かぶ。

「狗奴国王の卑弥弓呼は殺せそうですが、将軍達の中には抵抗する者達も多く、意外に面倒なことに」

伊香色謎は、きっぱりと言った。

「狗奴国の残党に邪馬台国を奪われては、何にもならぬ。卑弥呼の遺言で、我等が邪馬台国を引き継いだと言え」


卑弥呼が逝去し、邪馬台国は求心力を失った。一方の狗奴国も、伊香色雄大臣が送った軍隊に攻められ、長引く戦いに疲弊している。交易を続ける大倭も我が世の春を謳歌していた頃の輝きはない。筑紫諸国、かつての倭奴国、そしてかつての邪馬台国連合は、激しい争乱の中に巻き込まれ、膠着状態は数年に及んだ。

ついに、伊香色謎は由碁理を呼んだ。力を借りるのは本意ではないが、他に手がない。

「由碁理殿、大倭の主は天皇だと言ったのは、偽りか」

「そんなことはございません」

「では、決着をつけよ。そなた、卑弥呼の後継者と目されていたであろう」

無茶苦茶な女だ。頭が良いのに、感情的。理屈に合わぬことに理屈をつける天才。卑弥呼が彼女のような性格であったならば、何でも手に入れただろう。

そう思って、すぐに由碁理は微笑んだ。

そんな性格だったら、国も民もついていかなかった。

「何を笑っている！」

皇后は鋭い。わずかな表情の動きも見逃さない。

「笑ってはおりませぬ。遠い昔のことを思い出しただけです。第一、私に何をせよと言われるのでしょう。卑弥呼が亡くなってから、もう何年も経ちます」

「何をすべきか、自分で考えよ。争いを鎮め、天皇家を崇《あが》めさせるのだ」

「卑弥呼のような者を立ててもよいのですか」

皇后は、笑う。

「卑弥呼のような者？　そんな者はいない」

そして続けた。

「ただの巫女なら立てるがよい。それで争いが鎮まるならば」

由碁理は黙って頭を下げ、退出する。不思議に腹は立たない。卑弥呼を失ったとき、大倭の凋落が始まることは覚悟した。百人を殉死させ、家臣の信頼も揺らいだ気がする。それでも今かすかに心が躍るのが不思議だ。由碁理は、心の中で考えている。台《と》与《よ》を立てよう。卑弥呼と同じ、わが一族の娘。

台与が立ち、伊香色雄の軍が退くと、不思議なほどすぐに争いは収まった。双方いい加減嫌になっていたところだ。無益な争いである。

だが、それはそれで皇后は気に入らない。彼女は、弟の伊香色雄大臣を呼んだ。

「由碁理が動いた途端、筑紫は鎮まった。今までお前は何をしていたのだ」

いきなり責められ、大臣は不満げだ。

「筑紫はまだ、邪馬台国や卑弥呼のことを忘れてはいません。由碁理は新しい巫女を立てただけ。しかも、元々は姉上が命じたこと。手柄でもなんでもない」

「不甲斐ない！　お前がさっさと狗奴国を倒さないから、こういうことにせざるを得なかったのだ！」

弟とはいえ、自分も大臣。伊香色雄も反論せずにはいられない。

「姉上、由碁理を調子づかせて良いのですか？　大倭はまだ影響力を失っていないということですぞ。奴は彦坐王とも親しい。二人とも姉上に睨まれぬよう気をつけていますが、実際は、丹波の力も残っているし、彦坐王は多くの子を得て、繁栄していますぞ」

弟の言葉は、伊香色謎の中に潜んでいた不安を鮮明にした。

そう、確かに弟が指摘したとおりだ。かつて皇太子と目されていた彦坐王は、実力者の娘達を妻に迎え、多くの子を得ている。

山代の荏名津比賣《えなつひめ》との子は、大俣王《おおまた》と小俣王《をまた》。志夫美宿禰《しぶみのすくね》。

沙本《さほ》の大闇見戸賣《おおくらみどめ》との子は、狭穂彦《さほひこ》、袁邪本《をざほ》、狭穂姫《さほひめ》、室毘古《むろびこ》。

天之御影神《あまのみかげのかみ》の娘である息長水依比賣《おきながのみずよりひめ》の子は、丹波道主王《たにわのちぬしのおおきみ》の他計五人。

母親の妹である袁祁都比賣《をけつひめ》との子は、山代の大筒木真若王《おおつつぎまわかのおう》と比古意須王《ひこおす》、伊理泥《いりね》王。

由碁理は老いたが、大倭を実質的に率いた当主に変わりはない。彦坐王は若く、人望もある。二人とも侮れない。御間城入彦の地位を脅かさない保証はない。

伊香色謎は命じる。

「彦坐王を呼べ！」

彦坐王が現れると、皇后はいきなり問うた。

「彦坐王殿、御間城入彦五十瓊殖尊《みまきいりひこいにえのみこと》を皇太子《ひつぎのみこ》と認め、忠誠を誓いますか」

「もちろんです」

「では」

皇后は、威厳に満ちた視線を正面から向けてくる。

「丹波を攻めてください」

「え？」

彦坐王は、皇后の目を見返す。頭の中は、激しく回転している。由碁理と交流があることが、おかしな形で皇后に伝わっているのだろうか。それとも、常に監視されているのか。石を投げて反応を見てみるしかない。

彦坐王は、率直に問うてみた。

「丹波を攻めるとは、由碁理殿を攻めよと言われるのですか」

伊香色謎の艶やかな瞳が、彦坐王を見つめ返す。そして、ふっと彼女は笑みを浮かべた。口元だけの無邪気な笑み。恐ろしさに身震いしそうだ。

「私が由碁理殿を攻める？　何故？　由碁理殿は私に忠誠を誓った。卑弥呼亡き後、乱れに乱れた筑紫をまとめたのは、由碁理殿の大手柄ではないか」

「では、なぜ」

「私は、丹波を攻めよと言ったのだ。丹波は広い。由碁理殿が忠誠を誓っていても、いまだ我等に逆らおうとする者がいる」

玖賀耳之御笠《くがみみのみかさ》のことだ。そう彦坐王は気づいたが、黙っている。

「由碁理殿は大県主《おおあがたぬし》でありながら、丹波を抑えきれていない。きっと力不足なのでしょう。玖賀耳之御笠も足元を見て、我等を侮っている。天皇の皇子であるそなたが行って、滅ぼしてください」

当時の丹波は、丹後も但馬も分かれていない。丹波の玖賀と言えば、後に福知山盆地と言われるあたりから亀岡にかけての広い地域。山科から由碁理の根拠地へ陸路で向かうには、必ず通る道。だから、由碁理の勢力下にある玖賀に攻め込むということは、由碁理に向かって攻めるのと同じ形になる。

彦坐王は、由碁理の元を訪ねるべきか迷っていた。由碁理には何の恨みもない。彼とは敵対したくない。だが皇后のことだ。間諜を放ち、動きを監視しているかもしれない。由碁理を訪ねることで、かえって迷惑をかけるかもしれない。

彦坐王の家臣達も頭を抱えている。

「どうしますか。丹波は由碁理殿の支配圏。攻め込めば、由碁理殿の立場がない」

「かと言って、手加減をすれば、我等が皇后に造反の口実を与えることになる」

「彦坐王殿と由碁理殿と、両方つぶす気です！」

「恐ろしいお方だ、皇后は」

「そして、素晴らしく頭が切れる」

伊香色謎の夫である大日日天皇（開花天皇）は、春日にいる。彦坐王は息子であり、由碁理は妃の竹野媛《たかの》の父親。竹野媛には彦湯産隅《ひこゆむすみ》という皇子もいる。それでも天皇は見て見ぬふりをしている。伊香色謎が愛しているのは、息子の御間城入彦だけ。下手に動けば自分も危ない。


由碁理も還暦を過ぎた。疲れた。とても。

今、目の前にいる彦坐王の話を聞きながら、より重い疲れを感じていた。

「何故、今更丹波を攻める。我等は幾重もの縁で繋がっている。私の娘竹野媛も大日日天皇の妃ではないか」

卑弥呼が恋しい。あの愛想のない口調が恋しい。策略や狡猾さがない、率直な善良さが恋しい。彼女が生きていてくれたなら。

疲れた。常に策略を巡らす女。自分にとっての損得を常に計算している女。狙った獲物の一挙手一投足まで見逃さない。相手が倒れるまで見届けなくては気が済まない。息がつまりそうだ。私の人生も終わりが近いというのに、穏やかな晩年とはいかないのか。

「皇后の命令です。何もしないわけにはいかない」

彦坐王は言った。

「由碁理殿を攻めるわけではありません。皇后の命は、玖賀耳之御笠《くがみみのみかさ》を攻めよというもの」

「私が手を出すと、皇后は考えているのか」

問いには答えず、彦坐王はただ繰り返す。

「私が攻めるのは、玖賀耳之御笠」

「わかった」

玖賀耳之御笠の顔が目に浮かぶ。大柄で力が強い、単純な男。由碁理を信じているだろうに。

玖賀耳之御笠にとっては突然だった。

「大変です。朝廷の軍勢が玖賀に向かっています！」

「何！　将軍は誰だ！」

「彦坐王とその息子らしいです」

「大臣達ではないのだな」

「そのようです」

玖賀耳之御笠は、肩の力を抜いた。最新の武器を持つ伊香色雄大臣の軍であれば大ごとだが、彦坐王の軍だけならば、何とかできる。

「彦坐王ごときに負けはせぬ。だが、油断するな。丹波にも使いを出せ！　由碁理殿にお知らせせよ」

「はっ」

彦坐王は、玖賀耳之御笠を攻めた。後ろ盾になってくれる筈の由碁理の本軍はなかなか来ない。

「丹波の援軍は、まだか！」

彦坐王の軍に攻め込まれながら、玖賀耳之御笠は後退していく。

「由碁理殿には、お知らせしたのか！」

「確かに！」

もう海も近いというのに、由碁理の援軍はまだ来ない。来ると信じていた援軍が来ないことが、兵士たちの士気を萎えさせ、敗軍同様逃げ続ける有様。

「由碁理殿は、なぜ来ない！」

由良川を越え、最後は大江山で首を刎ねられた。丹波の大県主由碁理は守ってはくれなかった。玖賀耳之御笠は、大江山の鬼になった。


「彦坐王殿、ご苦労さまでした。玖珂耳之御笠は、さぞ恨みながら死んだであろう」

皇后は嫣然と微笑んだ。

「おかしなものだ。人は最初から敵であった者に負けても、さほど恨まぬ。味方だと信じていた者に助けてもらえなければ、自分を討った敵以上に、恩人を恨むもの。由碁理殿は、これでまた人望を失ったことでしょう」
彦坐王は、やり切れぬ思いを抱えながら、由碁理の屋敷へと向かう。皇后に対抗する気はない。次の天皇も、異母弟の御間城入彦で構わない。弟は温厚で誠実な人柄だ。けれど、やり切れないのだ、

由碁理も疲れ果てた様子で出迎えた。彦坐王は、言った。

「由碁理殿、合わせる顔がないのは承知しています。ただお願いがあってお訪ねしました。我が息子丹波道主王の妃として、由碁理殿の孫娘、河上《かわかみの》摩《ま》須郎女《すのいらつめ》殿を迎えたいのです」

やつれた顔で由碁理は微かに笑う。

「そのようなことを言って大丈夫なのですか」

「構いません」

彦坐王の表情は真剣だ。

「息子のためにもそうしたいのです」

由碁理はゆっくりと頷いた。

丹波道主王と丹波の河上の摩須郎女との間には、五人の娘が生まれる。日葉酢《ひばす》媛、渟《ぬ》葉田瓊入《はたにいり》媛、真砥野《まとの》媛、薊瓊入《あざみにいり》媛、竹野《たかの》媛である。

「出雲も叩いておかなければ」

五十代になった伊香色謎が呟く。倭国統一を仕上げるための仕事。息子と孫達のためになすべき最後の仕事だ。

彼女は、命じる。

「武日照命《たけひなてるのみこと》（武夷鳥・天夷鳥）が天から持って来たという神宝を出雲大神の宮に納めてあるという。天皇がご覧になりたいと言われる。献上して、これを見せよ」

そして、伊香色雄の孫である武諸隅《たけもろすみ》を出雲に遣わし、神宝を献上させることとした。

この時、出雲の神宝を守っていたのは、出雲臣《いずものおみ》の遠祖である出雲振根《いずものふるね》。だが、彼は筑紫国に出かけて不在であった。代わりに応対したのは、出雲振根の弟である飯入根《いいいりね》。天皇の命と聞いた彼は、神宝を取り出し、下の弟である甘美韓日狭《うましからひさ》と、子の鸕濡渟《うかづくぬ》に持たせて献上した。

筑紫から帰って経緯を聞いた出雲振根は、大いに怒り飯入根を責めた。

「なぜ私の帰りを待たなかった。たった数日のことではないか。我等は、出雲ぞ。天孫に国を譲ったのは民のため。天孫に劣っているわけではない。何を畏《かしこ》み、あんな若造に簡単に神宝を渡してしまったのだ」

時間が経っても憤怒は収まらない。出雲の大神を侮辱したのだ。天皇に簡単に命令されるような神であると、公言したようなものだ。このような大罪、どうして許すことができよう。そして、ついに弟である飯入根を殺してしまった。

甘美韓日狭と鸕濡渟は、朝廷に参上し、このことを訴えた。

「皇后、何の話だ」

二人が退出すると、大日日天皇が問う。

「そなた、何を命じた」

「出雲を抑えるためです。倭国統一をなしとげるため。そして、私とあなたの息子が唯一の大王であることを明確にするためです」

「そなたは、変わらぬな」

意思の強さも、恐ろしいほどの美しさも。近寄りがたい異質な感じも。本当に人間の女なのか。そんな表情の夫を皇后は、感情のない瞳で見据える。

「この国のためですから」

そして、吉備津彦と武渟河別を派遣し、出雲振根を成敗した。武渟河別は大彦命の息子である。出雲臣達は震えあがり、出雲大神を祀ることも止めてしまった。

「恐ろしくはないのか」

思わずこぼれた大日日天皇の問いに、皇后は即答する。

「別に」

そして続けた。

「神の祝福など望んでいません。悪女と呼ばれても構わない」

「そなたの望みは何だ」

「倭国統一。そして我が子が最初の統一王になること」

丹波をつぶし、出雲を抑えた。彦坐王も敢えて逆らうまい。大彦達も我等の仲間。娘が次の天皇の皇后になるのだから当然だ。人は二種類しかいない。敵と味方、それだけ。私は伊香色謎。雷神が憑く女。息子の敵には雷を落とすまで。

西暦二六三年四月、稚日本根子彦大日日天皇（開化天皇）が逝去した。

二　御間城入彦五十瓊殖天皇（第十代　崇神天皇）

二六四年、甲申《きのえさる》の年、一月。

御間城入彦五十瓊殖天皇《みまきいりひこいにえのすめらみこと》（第十代　崇神《すじん》天皇）が即位した。すでに十二人の子供がいる。

皇后は、前の天皇の兄大彦の娘、御間城《みまき》姫。彼女が産んだ子供は六人。活目入彦《いくめいりひこ》五十狭茅《いさち》、彦《ひこ》五十狭茅《いさち》、国方《くにかた》姫、千千衝倭姫《ちちつくやまとひめ》、倭《やまと》彦、五十日鶴《いかつる》彦。

最初の妃《きさき》は、紀伊国造《きいのくにのみやつこ》荒河戸畔《あらかわとべ》大海宿禰《おおあまのすくね》の娘。海人族にも縁が深い。彼女の子供は、豊城入彦《とよきいりひこ》と豊鍬入姫《とよすきいりひめ》。

次の妃は、由碁理《ゆごり》の妹で尾張氏の祖となる、大海媛《おおしあま》。彼女は、八坂入彦《やさかいりひこ》、渟名城入《ぬなきいり》姫《ひめ》、十市瓊入姫《とおちにいりひめ》を産む。

即位の翌年七月、天皇は詔を出す。

「農業は国の基本であり、民の生命《いのち》の源である。河内の狭山辺りは、田に引く水が足りないとして稲作を怠っている。多く水路を掘り、農業を広めよ」

そして、天皇自らその地に仮宮を建て、収穫を終えた民達を使い、十月に依網池《よさみのいけ》を、十一月に苅坂池《かりさかのいけ》と反折池《さかおりのいけ》を造らせた。


愛する息子の即位を見届けると、伊香色謎の心身は急速に衰えていった。若さと美しさを保ち続けていた容姿も、呪文が解けたかのように一気に萎びていく。

「母上、お身体の具合が悪いのですか？」

気遣う天皇に、伊香色謎はいつもの言葉を繰り返す。

「大丈夫だ。そなたは、倭国の偉大なる統一王。母のことなど気にするな」

「母上……」

伊香色謎は微笑み、ゆっくり手をのばして愛しい我が子に触れる。私のことを心底思ってくれるのは、世界中でこの子ただ一人。それで十分。他には何もいらない。

「そなたは前だけを向いてお行き。御肇国天皇《はつくにしらすすめらみこと》として、立派な国を造るのです。何も心配することはない。皆の恨みは全部、この母が持っていくから」

伊香色謎に課せられた役目は成就したのか。雷神はもう満足したのか。彼女の身体から妖しい力が遊離していく。「雷神が憑いた女」から、子を思う一人の母親へ。伊香色謎は衰え続け、松明《たいまつ》が燃え尽きるように静かに逝去した。


即位して三年目の秋、磯城の瑞籬宮に都を定めた天皇は、二人の息子を呼んだ。

活目入彦は、皇后が産んだ最初の息子。豊城入彦は妃の子だが天皇の長子で、紀伊や丹波の人々の信望も篤い。

天皇は、二人に告げた。

「お前達は共に優れている。次の天皇には、いずれかがなるべきだろう。今夜、二人とも夢を見よ。その夢を神の声とし、皇太子を決めよう」

父の命に従い、活目入彦と豊城入彦は沐浴して身を浄め、神に祈りを捧げて眠る。

そして翌朝、二人は父親の元へ出向いた。

「私は三輪山に登り、東に向いて八回槍を突き出し、八回太刀を振りかざしました」

兄の豊城入彦がそう言うと、弟の活目入彦が続ける。

「私は、三輪山に登り、縄を四方に張って、粟を食べる雀を追いやりました」

天皇は、二人に告げた。

「豊城入彦の思いは、東一方に向いている。そなたは東国を治めよ。活目入彦は四方を等しく見ている。そなたが天皇の地位を継げ」

そして、活目入彦を皇太子とすることを公表した。豊城入彦は東国に向かい、上毛野君、下毛野君の始祖となる。


それから間もなくのこと。皇太子となった活目入彦の元へ一人の女性が訪ねてきた。

彼女は丹波の氷上《ひかみ》の人で、名は氷香戸辺《ひかとべ》。彼女は言う。

「私には幼い子供がおります。その子の口から、このような言葉が出ました。

玉萎《たまも》の鎮石《しずし》。出雲人《いずもひと》の祭《いのりまつ》る、真種《またね》の甘美鏡《うましかがみ》。押し羽振《はふ》る、甘美御神《うましみかみ》、底宝御宝《そこたからみたから》主《ぬし》。

山河《やまかわ》の水泳《みくく》る御魂《みたま》。静《しず》かかる甘美《うまし》御神《みかみ》、底宝《そこたから》御《み》宝主《たからぬし》。

これは幼子《おさなご》の言葉ではありません。もしや神のご託宣ではないかと思い、ご報告に参りました」

「確かに不思議な話だ」

活目入彦は頷き、彼女の言葉を書きとらせ、天皇に報告に行く。

「父上、これはどういうことでしょう」

天皇には、思い当たるところがあった。神宝を失い出雲振根《いずものふるね》を殺され、出雲では大神を祀ることもやめてしまったと聞く。献上させた出雲の神宝は今、宮中にある。その魂が丹波の氷上の水底におられるとは。

天皇は、口を開いた。

「山々に囲まれた丹波の氷上は、北と南に流れる川の源。北は由良川へと続く」

父の言葉に、活目入彦の顔色も変わる。由良川の下流は、由碁理の本拠地、そして玖珂耳之御笠が殺された場所。

「我等のために犠牲となった人々の思いを、神が伝えられたのか」

素直に頷く息子に、天皇は言った。

「出雲に伝えよ。神宝は確認したので返す。前のごとく大神を祀られよ、と」

退出する息子の後ろ姿を見つめながら、天皇はさらに思いを巡らせる。神は活目入彦を次の天皇と認め、身を引いた人々の思いも託そうとされているのか。


天皇の言葉に、伊香色雄大臣とその息子達は猛反対した。

「よりによって、何故、彦坐王の娘を」

「我等は、二代続けて皇后を出しました。その流れを止めるのですか」

天皇は、いきり立つ彼等をなだめようとする。

「狭穂姫は、素直で邪気のない姫君だと聞く。活目入彦もそうだ。素直で温かい心を持っている。私は、恨みに染まらぬ二人に、皆が力を合わせられる新しい国造りを託したい」

「それは、きれい事です。亡き皇太后様が命をかけて築かれたものを、天皇様は台無しになさるのですか」

叔父である伊香色雄大臣に母のことを言われ、天皇の顔は曇る。だが、これはおそらく神の意志だ。曲げるわけにはいかない。

「倭国統一のために身を引いてくれた人々を粗末にしたくないのだ」

「丹波や彦坐王は信用できない。後悔なさいますな！」


天皇に突然呼び出され、彦坐王は身構えている。何かまた気に障ったのだろうか。それとも、息子の狭穂彦が一族の復権を望んでいることが、おかしな形で伝わってしまったのだろうか。

固い表情の彦坐王に、天皇は率直に切り出した。

「そなたの娘狭穂姫を、皇太子活目入彦の正妃に迎えたい」

彦坐王の顔に驚きが走る。彼とて昔から争いは望んでいない。だからこそ譲歩を重ね、伊香色謎の無理難題にも応えてきた。それにしても思いがけない話である。

「それは有難いお話ですが……」

半信半疑の表情。母伊香色謎から受けた仕打ちを思えば、信じられないのも無理はない。天皇は思わず一歩踏み出し、驚く彦坐王の手を取った。

「彦坐王は、母親が異なるとはいえ、私の大切な兄上。この国のため、民のため、どうか力をお貸しください」

戸惑いながらも、彦坐王は提案を受け入れ帰路につく。確かに、子供達のためには一番よいことだ。狭穂彦のいきり立った気持ちも、これで鎮められるかもしれない。

「父上は、それでよいのですか！」

叫んだのは、その狭穂彦だ。残念ながら、彼の気持ちは簡単には鎮まりそうにない。

「本来ならば、父上こそ天皇になるべき方でした。強引な伊香色謎の策略で、今の天皇が即位されたのです。彼女が死んだ今、なぜまだ遠慮されるのですか。狭穂姫が皇太子の正妃？　そもそも次の天皇が活目入彦であること自体、納得いきません！」

「狭穂彦よ」

なだめる父の言葉も、聞こうとしない。

「大倭を譲った由碁理殿の息子彦湯産隅《ひこゆむすみ》殿も悔しい思いをされた筈。彼等と我等は縁も繋がっている。両家で手を結び、天皇の地位を取り戻しましょう」

話の内容などわからない。力説する兄の姿を、狭穂姫はうっとりと見ている。きりりと美しい顔立ち。家族思いで軽薄なところがなく生真面目。誇らしい大好きな兄。

二人は幼い頃から仲が良かった。

「活目入彦殿は、心が広く誠実な人柄で、お若いのにしっかりとした信頼できる立派なお方とか。狭穂媛様にとっても、これほど良いお相手はいないでしょう」

兄妹を良く知る老臣の言葉を聞き流し、狭穂彦は妹に声をかける。

「狭穂姫」

まっすぐに見つめ返す愛らしい顔。

「お前、活目入彦の妻になるのか？」

彼女はただにっこり微笑む。幼くて、まだ良くわからないのだ。そう思う狭穂彦の胸は苦しくなる。いつも私の後を追ってきた可愛い妹。誰よりも大切に思っている。

妹を見つめ続ける狭穂彦の背に、老臣は言った。

「いくら仲がよろしくても、同じ母親から生まれた兄妹は、夫婦にはなれません」

「そんなことは、わかっている」

「女兄弟は、男にとって最大の守り神。だからこそ、その相手を選ぶのは大切なこと。誰かの妻になるのであれば、いずれ天皇となる方の正妃になる以上のことはありません。夫が即位すれば、皇后になるのですから」

狭穂彦は何も答えない。爺は重ねて言う。

「狭穂彦様、姫様が産む皇子が、いずれ天皇となり、天下を治めるのです。若様は、皇后の兄上、天皇の伯父上になります。争ったところで、何も生みません。皆が傷つき、禍根を残します。よき治政が行われるよう、どうかそれだけをお考えください」


即位四年十月、御間城入彦天皇は皆に告げた。

「我が皇祖、代々の天皇がこの地位を務めてきたことは、自分自身のためであろうか。否。ただ神の意に沿って人々を導き、天下を治めるためである。世に功績を築き、徳を施した。私は今、その大いなる功績を受け継ぎ、国や民を慈しむ所存である。皇祖の跡に従い、永遠に皇位を保ち続けるのだ。皆の者、忠義を尽くせ。共に天下を治めていこうではないか」

その言葉も空しく、翌五年には疫病が流行った。病死する者が多く、民は半数以上が死んだ。

その次の六年には百姓が逃げ出し、あるいは背く者達が出た。世を乱す気の勢いは強く、自らの「徳」だけでは抑えきれない。天皇は畏《おそ》れ畏《かしこ》み、早朝から夜更けまで天の神、地の神に熱心に祈りを捧げた。「天の神」とは天照大神《あまてらすおおみかみ》、「地の神」とは倭大《やまとのおお》国魂神《くにたまのかみ》。この二神は以前より、天皇の居所である大殿内で並べて祀られていた。

しかし、この二つの神の勢いは強すぎて、どちらの神も大殿で安らかに鎮座されない。そのため天皇は、二神を宮中の外に出すことにした。天照大神については、東国へ行った豊城入彦の妹、豊鍬入姫《とよすきいりひめ》に祀らせることにし、倭《やまと》の笠縫邑《かさぬいむら》に神籬《ひもろき》が立てられた。

倭大国魂神は、尾張氏の祖となる大海媛が産んだ渟名城入姫《ぬなきいりひめ》に祀らせることにしたが、彼女の髪は抜け落ち、身体は痩せ衰えて、その役目を果たすことはできない。

翌七年二月、ついに天皇は皆に告げる。

「昔、我が皇祖は国を築き世を啓《ひら》いた。聖なる志も高く、王として人々を導き続けた。それが私の世になり、このように数々の災《わざわ》いに見舞われるとは、思いがけないことである。私の治政が悪く、神がお怒りなのか。神の意を問い、災いの原因を極めねばならない」

そして、聖なる神浅茅原《かむあさじがはら》に有力者を集め、改めて神の意を問う。すると、倭迹迹日《やまとととひ》百襲姫《ももそひめ》に神が降りた。彼女は、大倭根子彦太瓊《おおやまとねこひこふとに》天皇（第七代　孝霊天皇）晩年の娘。卑弥呼亡き今も祭祀を続けている。神がかりした彼女が言う。

「天皇よ、国が治まらないことを何故憂う。私をよく敬い、正しく祀るならば、必ずすぐに平穏が訪れるであろう」

「そう教えてくださる神は、どなたでしょうか」

「私は、この倭の地に鎮座する神、大物主の神だ」

天皇はすぐに大物主の神を祀ったが、事態が好転する兆しはない。そこで、沐浴して身体を清め、大殿内を浄《きよ》め、改めて神の意を求めて祈った。

「大物主の神様、私の祀り方では何か足りないのでしょうか。どうか、夢の中でお教えください。神の徳をお授けください」

すると、この夜の夢に一人の貴人が現れた。大殿に立ち、天皇に向かって告げる。

「天皇よ、そう憂うな。国が鎮まらないのは、私、大物主の神の心だ。もし、我が子、大田田根子《おおたたねこ》をもって私を祀れば、ただちに平穏が訪れ、海の外の国も自ら従うであろう」

翌日、天皇の元へ、倭迹迹日百襲姫、伊香色雄《いかがしこお》の息子大水口宿禰《おおみくちのすくね》、伊勢麻績君《いせのおみのきみ》の三人が訪ねてきた。三人は同じ夢を見たと、口を揃えて報告する。

「昨夜、美しく気品溢れる立派な殿方が、夢に現れ教えられました。『大田田根子を大物主神を祀る神主とし、長尾市《ながおち》を倭大国魂神《やまとのおおくにたまのかみ》を祀る神主とすれば、必ず天下泰平とならん』と」

同じ夢だ。間違いない。長尾市は、初代倭国造《やまとのくにのみやつこ》椎根津彦《しいねつひこ》の末裔。あとは「大田田根子」だ。天皇は大変喜び、すぐに命令を出した。

「広く天下に告げ、大田田根子という者を見つけて連れて参れ」

早馬が四方に放たれ、各地に命を伝える。やがて、河内の茅渟《ちぬ》の陶邑《すえむら》にいた大田田根子という人物が見つけ出され、天皇の元へと連れてこられた。

天皇は再び聖なる神浅茅原に有力者を集め、自ら問う。

「汝は、誰の子か」

大田田根子は、恭しく答える。

「私は、大物主大神が、陶津耳《すえつみみ》の娘、活玉依媛《いくたまよりひめ》を娶り生まれた子、奇日方天日方武《くしひかたあまつひかたたけ》茅渟祇《ちぬつみ》の末裔でございます」

その答えに、周囲はざわめいた。

陶津耳とは、後に下鴨神社こと賀茂御祖神社《かもみおやじんじゃ》で祀られる、三島溝橛耳とも呼ばれた賀茂建角身《かもたけつぬみ》のこと。彼の娘である活玉依媛と大国主の息子事代主《ことしろぬし》の間には、神日本磐余彦天皇（初代神武天皇）の皇后となった媛蹈鞴五十鈴媛、神渟名川耳天皇（第二代綏靖天皇）の皇后となった五十鈴依媛、そして天日方奇日方とも呼ばれた鴨王《かものきみ》という子供達がいる。事代主は大物主神と同一またはその言葉を伝える神。この大田田根子は、その息子である天日方奇日方の末裔だったのだ。

やはり間違いない。三輪山におられる大物主神が呼ばれたのは、この男だ。私の治世も、これで栄えることができる。天皇の顔も明るくなる。

続いて、大臣である伊香色雄を神への供物を扱う者としてよいか占うと、「良し」との答え。ついでに、他の神も祀らせてよいかお尋ねすると、その結果は、「良からず」と出た。

天皇は伊香色雄に命じ、物部の八十平瓮《やそびらか》をもって、天神地祇を祀るための器とする。そして、大田田根子を大物主大神を祝い祀る神主とし、長尾市《ながおち》を倭の大国魂神を祀る神主とした。その後で、他の神々を祀ってよいか再び占うと、「良し」と出る。よって、八十万《やおよろず》の諸々の神を祀った。

それから天神の社、地祇の社、その神社のための水田や使用人をも定めると、ようやく疫病《えきびょう》が終息に向かい、国内が徐々に鎮まっていく。その年の収穫も五穀豊穣になり、百姓達の生活も豊かになった。

八年四月、大物主神に捧げるお神酒を醸す酒人として、高橋邑の人、活日《いくひ》をあてる。

天皇の夢には、また神が現れ教えた。

「赤盾《たて》八枚、赤矛《ほこ》八竿《さお》をもって、墨坂の神を祀れ。また、黒盾八枚、黒矛八竿をもって、大坂の神を祀れ」

この教えに従い東に通じる墨坂の神と西に通じる大坂の神を祀ると、今度は大坂山の頂上に、白い着物を着て白い杖を持った神が現れ、こう告げた。

「私を丁重に祀れば、多くの国を統治させよう。大八島国は汝が統治する国ぞ」

天皇は驚き、家臣達を招集して、この神がどなたか尋ねた。すると、大中臣《おおなかつおみ》の神《かみ》聞勝《ききかつ》が進み出て答える。彼は、伊賀津臣《いがつおみ》の子である梨迹臣《なしとみ》の息子だ。

「その方は、東の鹿島の国におられる大神。葦原中国を平定された大神です」

天皇は畏み驚き、多くの奉納品を鹿島の神宮へ奉納した。その奉納品は、太刀十口、鉾二枚、鉄弓二張、鉄箭二具、許呂《ころ》四口、枚鉄《ひらがね》一連、鍛鉄《ねりがね》一連、馬一頭、鞍一具、八咫鏡二面、五色の絁《あしぎぬ》一連である。

筑波《つくば》はかつて「紀の国」と言っていた。この度、神聞勝の従兄弟である筑簞《つくは》が国造として遣わされ、その名から「筑波」に改めた。筑簞は、彦坐王の妻である息長水依媛の兄弟でもある。

神の言葉の通り、四道将軍《よつのみちのいくさのかみ》達の働きにより、天皇の統治は畿内を越えて広がっていった。四道将軍とは、北陸へ行った大彦、大彦の息子で東海へ行った武渟川別《たけぬなかわわけ》、倭迹迹日百襲姫の兄で西へ行った吉備津彦、彦坐王の息子で丹波へ行った丹波道主《たにわのちぬしの》命《みこと》である。

その頃、倭迹迹日百襲姫は大物主の神の妻になっていた。年は取ったが、華やかな美貌の片鱗は残っている。大物主の神は昼には姿を現さず、夜にのみ訪れた。

「昼に来られないので、お顔が見られません。どうか少し長くいてください。明け方に美しいお姿を見たいのです」

そう願う彼女に、大物主の神は言った。

「お前の言うことももっともだ。明朝お前の櫛笥《くしげ》に入っていよう。私の姿を見て驚くな」

櫛笥とは櫛を入れる小さな箱のこと。不思議なことをと訝《いぶか》りながら、翌朝日が昇るのを待って、倭迹迹日百襲姫は櫛笥を開けて見た。中にいたのは、衣服の紐ほどの長さ太さの小さな蛇。それも見たことがないほど美しい小蛇が、朝日を浴びててらてらと輝いている。

姫は驚き、悲鳴を上げる。すると小蛇はたちまち麗しい貴人の姿になった。

「お前は自分を抑えきれず、私に恥をかかせた。お前も恥をかけばよい！」

そう言うと、大物主の大神は宙を踏んで空高く舞い上がり、三輪山の方へと飛び去って行く。

「待ってください！」

激しい後悔に襲われた倭迹迹日百襲姫は、空を仰ぎ見た拍子に尻餅をつき、箸が身体に刺さって、そのまま亡くなった。

彼女は大市《おおち》、後の桜井に葬られた。人々は、この墓を箸墓と呼ぶ。この墓は、大坂山の石を運んで造られ、昼は人が、夜は神が造った。人々は山から墓まで列を作り、石を手渡しで運ぶ。こう歌いながら。

大坂に継ぎ登れる石群《いしむら》を　たごしに越さば、越しかてむかも

(大坂山の上の方まで続く石の群も、手渡しで運べば運べるものかなあ)

この年は、豊作であった。依網《よさみ》池と苅坂《かりさか》池、反折《さかおり》池も完成した。灌漑もうまくいった。人々が豊かになったのを確認し、天皇は、初めて税を課した。男の弓端《ゆはず》の調《みつぎ》は、狩猟で得られる肉や毛皮など。女の手末《たなすえ》の調《みつぎ》は、手仕事で得られる絹や布など。天神地祇共に荒ぶることなく、天下泰平。大物主の神の託宣通り、海外からも客人が訪れるようになった。

人々は、天皇を称え、御肇国天皇《はつくにしらすすめらみこと》と呼んだ。

同年十二月、天皇は、大田田根子をもって大物主の大神を祝い祀らせた。彼は三輪《みわの》君等《きみ》の始祖となる。酒人の活日《いくひ》自ら、できた神酒《みき》を天皇に献上して歌う。

この神酒《みき》は　我が神酒ならず　倭成《やまとな》す大物主の醸《か》みし神酒　幾久《いくひさ》　幾久

（このお神酒は、私が作った神酒ではありません。この倭の国をおつくりになった大物主の大神が嗜まれたお神酒でございます。ありがたい。ありがたい）

そして、三輪山の神宮《かみのみや》にて宴が開かれた。夜通し続いた宴が終わる頃、朝霧に包まれた木立に柔らかな朝日が降り注ぐ。臣下の者達は歌った。

味酒《うまさけ》　三輪の殿の朝門《あさと》にも　出《い》でて行かな　三輪の殿門《とのと》を

（ありがたい最高の酒をいただいた。三輪の神殿の門にも美しい朝日が降り注いでいる。さあ神殿を出て帰ろう。三輪の神殿の門を）

天皇もこう歌いながら神宮の門を開き、帰って行かれた。

味酒　三輪の殿の朝門にも　押し開かね　三輪の殿門を

（ありがたい神の酒よ。三輪の神殿の門も輝く朝霧に包まれている。さあ門を押し開こう。三輪の神殿の門を）

すべてをやり終え、安心したのだろうか。その年の暮れに天皇は逝去した。安らかな顔であった。

三　活目入彦五十狭茅天皇（第十一代　垂仁天皇）

二七二年、壬辰《みずのえたつ》の年。

活目入彦五十狭茅《いくめいりひこいさち》天皇《のすめらみこと》（第十一代垂仁天皇《すいにんてんのう》）が即位した。幼い頃から伸びやかな資質を備え、長じては度量が大きく誠実な人柄となった。

十月に、前の御間城天皇を山辺道《やまのべのみち》の勾《まがり》の岡の上の御陵に葬り、十一月に母親の御間城姫を皇太后とする。

翌年二月、正妃の狭穂姫を皇后とし、十月に纏向《まきむく》（奈良県桜井市）に都をつくる。これを珠城宮《たまきのみや》という。

この年、一人の加羅人が天皇を訪ねた。

「国へ帰ろうと思い、ご挨拶に伺いました」

彼の名は、蘇那曷叱智《そなかしち》。二年前、越国《こしのくに》の笥飯《けひ》に着いた時には「大加羅国の王子、都《つ》怒我阿羅斯等《ぬがあらしと》」と名乗っていた。彼が着いた浦は「角鹿《つぬが》」と名付けられ、後に敦賀《つるが》となる。

彼の話は、活目天皇も知っていた。蘇那曷叱智は、統一倭国の王となった御間城天皇に仕えようと加羅を出発したが、穴門《あなと》（下関）まで来たとき、伊都都比古《いつつひこ》という男に止められてしまった。

「私がこの国の王だ。私以外に王はいない。ここ以外、どこへ行こうと言うのだ」

そう言われても、とても統一倭国の大王には見えない。だが蘇那曷叱智には正しい道もわからなかった。引き返して島々浦々を渡りつつ、北の海へと廻り、出雲国を経て、ようやく越国まで辿り着く。そして、目的地である磯城《しき》の都に辿り着いたのは、御間城天皇が崩御された直後であった。

「道に迷わず来られたならば、前の天皇にも会えたものを」

何も言わず頭を下げる蘇那曷叱智に、活目天皇は言った。

「我が父御間城《みまき》天皇の名を継ぎ、大加羅国の名を任那《みまな》とせよ」

そして、任那王への土産として、朱で染めた絹百匹を賜う。だが、この赤絹は、帰路の途中で新羅人に奪われてしまった。任那と新羅との諍《いさか》いは、この時に始まったと、後の世に伝わっている。


「王子」を名乗る人物が来訪したのは、蘇那曷叱智《そなかしち》が初めてではない。「新羅《しらぎ》の王《こきし》の子」を名乗る天日槍《あめのひほこ》が来訪したのは、随分前のこと。そのとき彼が持参したのは、羽《は》太《ふと》の玉一個、足高《あしたか》の玉一個、鵜鹿鹿《うかか》の赤石《あかし》の玉一個、出石《いずし》の小刀《かたな》一口、出石の桙《ほこ》一枝、日鏡《ひのかがみ》一面、熊の神籬《ひもろぎ》一揃。この七つの宝物は、神の物として但馬《たじま》国に納められた。

この天日槍ははじめ、新羅から逃げた妻を追って来たと言う。妻の比売語曾《ひめこそ》は、播磨にいた天一個神《あまのまひとつ》の妹とも。当時の天皇に「播磨国の宍粟邑《しさわのむら》と淡路島の出浅邑《いでさのむら》は、好きにしてよい」と言われた天日槍は「お許しいただければ、住む場所は自ら捜したい」と願い、許された。

播磨から宇治川を遡って近江へ。そこでしばらく暮らす。近江国の鏡村（滋賀県蒲生郡竜王町鏡）の谷《はざま》で火を扱う陶人《すえびと》は、天日槍の従者の末裔である。そして、近江から若狭を経て但馬へ移り、俣尾《またお》の娘前津見《まえつみ》を娶って、但馬諸助《たじまもろすく》が生まれる。諸助の子は但馬斐泥《ひね》、その子は但馬日楢杵《ひならぎ》。日楢杵には三人の息子ができ、長男は田道間守《たじまもり》、次男は比多訶《ひたか》、三男は清彦《きよひこ》という。

即位四年の九月、皇后狭穂姫は、生まれて間もない最初の息子、誉津別《ほむつわけ》をあやしていた。

「狭穂姫」

声に振り向けば、兄の狭穂彦だ。その姿は相変わらず凛々しい。

「幸せそうではないか」

兄の言葉に姫は頬を染める。

「兄である私と、夫である天皇と、そなた、どちらを愛している」

唐突な問い。深く考えることもなく、姫は答える。

「お兄様です」

すると狭穂彦は、妹に身を寄せ囁いた。

「それならば、私とそなたで天下を治めよう」

驚いて見上げる狭穂姫。兄は続ける。

「知っているか。美しさ故に愛される者は、美しさが衰えれば捨てられる」

「お兄様、どうしてそんな悲しいことを…」

妹を遮り、兄は畳みかける。

「今のお前は、若さと美しさで輝いている。だが、周囲を見よ。若く美しい女は山程いる。皆、天皇の寵愛を得ようと必死だ。お前はずっと、そういう女たちと競わねばならない。お前だって年を取る。一生若い女に怯えて暮らすつもりか」

狭穂姫の目から涙が溢れる。

「お兄様、天皇様は、そのような方ではありません」

そう言いながら、心に黒い雲が立ち込め、明るかった太陽を覆っていく。狭穂彦は優しく妹の両肩を抱く。

「私は兄だ。お前が年を取っても、ずっと愛し続ける。ずっと大切に守っていく。我等の父上彦坐王《ひこいますのみこ》は、大日日天皇の息子。母上も天皇家の血筋。伊香色謎《いかがしこめ》が横槍を入れなければ、我等の父上が天皇になり、次の天皇は私だったのだ」

そんなことは知っている。子供の頃から何度も聞かされた。両家が仲良くするために、狭穂姫が活目天皇の皇后になったのではなかったか。

兄は、真剣な眼差しで畳みかける。

「私が天皇になれば、お前と一緒に統治を行う。私とならば、お前は容姿が衰えることも、若さを失うことも恐れずにすむ。枕を高くして一生を送ることができる」

姫の桃のような頬の上を、涙の粒がこぼれ続ける。

「狭穂姫、天皇を殺せ」

「え？」

驚きのあまり、次の言葉が出てこない。

狭穂彦は懐から一振りの小刀《こがたな》を取り出した。美しい飾り刀。彼は妹の右手を取り、その愛らしく柔らかな手の平に小刀を乗せ、強い力で包み込む。その様子を、姫はただ怯えながら見ている。柄につけられた錦色の紐が揺れる。

「この小刀を衣の中に隠し持ち、天皇が眠ったときに、首を刺せ」

皇后は、小刀を握らされたまま、兄の顔を見ている。あまりの恐ろしさに、何も言えない。兄を諌める言葉も出てこない。諌めたところで、どんな言葉も、今の兄には届くまい。すべてを忘れ、私が幸せに暮らしていた間も、兄の心は鎮まっていなかったのだ。いったい、どうしたらよいのだろう。

震えながら受け取った小刀は、兄が去った後、衣の中にそっと隠した。

翌五年十月、天皇は皇后狭穂姫を伴い、畝傍《うねび》山に近い来目《くめ》の離宮に来ていた。

皇后の膝を枕に休む天皇。気取りのない安心しきった寝顔。その顔を見下ろしながら、皇后は兄の言葉を思い出している。

兄に頼まれてから今まで、結局何もできずにいる。今、天皇は眠り、その頭は私の膝の上にある。首を刺すのであれば、これほどの機会はないのではないか。衣の中の匕首《あいくち》を右手で確かめてみる。けれど、いつの間にか涙が溢れ、愛しい夫の頬の上に零れ落ちた。

はっと天皇は目を見開き、すぐに起き上がった。自らの頬に触れ、濡れていることを確かめると、皇后の方へ向き直る。

「私は今、夢を見ていた。沙本《さほ》の地から雨雲が流れ来て、私の顔に雨が降り注いだ。そして、錦色の小さな蛇が、私の首に纏わりついた。私の頬は、本当に濡れている。これは、何の徴《しるし》だ」

皇后の唇が震えだす。けれど、言葉は出てこない。夫の顔を見つめる両目から、ただただ涙がこぼれ落ちる。

もはや、隠しきれない。

狭穂姫は、部屋から縁へとびだし、地面へ降りた。

「申し訳ありません！」

そして、地面に額をつける。

「私の兄狭穂彦が、私に問いました。『夫と兄とどちらを愛するか』と。私は、深く考えず、『兄』と答えてしまいました。兄は、私に『自分と二人で天下を治めよう。そのために、天皇を殺せ』と言い、小刀を私に授けました」

「兄に言わせてしまった以上、逆らうこともできません。けれど、天皇様の御心に背くこともできません。本当のことを申し上げれば、兄は滅ぼされ、黙っていれば、国を傾けます」

天皇は、呆然と愛する妻の姿を見下ろす。

「恐れ、悲しみ、苦しくて涙がこぼれ、どうしていいかわからず、けれど、誰に打ち明けることもできず、今日まで過ごしてきました」

いつも無邪気で愛らしいとばかり思っていた皇后が、そのような重荷を抱えていたとは。彼女は、すべてを打ち明ける。どんな罰を受けようと、これで肩の荷が下りる。

「今日、天皇様が私の膝を枕にお休みになられたとき、一瞬、思ってしまったのです。もし私の中に狂える女がいて、兄の志を果たそうとするならば、今ほどの好機はないのでは、と」

彼女は、顔を上げた。

「そう思いながら、小刀に触れてしまいました。けれど、涙が自然に溢れ、ぬぐおうとしてもなお溢れ出て、お顔の上に」

彼女の顔には微かな微笑み。愛する夫を傷つけずにすんだ。安堵の思い。

「天皇様の夢は、きっとこの事の徴《しるし》。錦色の小さな蛇は、兄が私に授けた匕首の飾り紐。沙本《さほ》から広がる大雨は、私の涙」

言葉を失っていた天皇は、ようやく口を開いた。

「…これは、お前の罪ではない」

そして、家臣を呼ぶ。

「急ぎ、八綱田《やつなだ》に伝えよ！　皇后の兄、狭穂彦を討て！」

八綱田は、天皇の甥。東国へ行った長兄豊城入彦の息子。狭穂姫は、ただ泣き続ける。

幸せな日々は終わった。何もかも。もう元へは戻らない。けれど、耐えられない苦しみも終わった。愛しい二人の板挟みとなる日々も。

天皇も同じ思いだ。幸せな日々は終わった。ただの愛し合う二人でいることなど、結局は許されないことだったのだ。

天皇の命を受けた八綱田は、直ちに兵を率いて狭穂彦の元へと向かう。知らせを受けた狭穂彦は、兵を集め、硬く束ねた稲束を積み上げ、防御の壁を作る。堅く破られにくいこの防除壁は、稲城《いなぎ》という。

狭穂彦は投降せず、月を越えても攻防は続いた。

「そなたは、この宮殿におれ」

そう言われていた皇后だったが、とても待っていられない。

「私は確かに皇后。でも、兄王を滅ぼして、何の面目があるでしょう。宮殿で安穏と暮らし続けるなど、どうして許されるでしょう」

そして、息子である誉津別を抱いたまま、兄王の稲城に入ってしまった。

天皇は、勅令を出す。

「すみやかに、皇后と皇子を出せ」

しかし、二人は出てこない。

「天皇様、火をかけましょう」

「狭穂彦とて、妹と皇子が焼け死ぬことはしますまい」

将軍八綱田は、城に火を放った。乾いた稲藁からめらめらと、青みを帯びた炎が広がっていく。

「火が点けられたぞ！」

その声に誘われるように、赤子を抱いた狭穂姫が城から出てきた。

「私が兄の城に入ったのは、もしかしたら、私と皇子に免じて兄の罪を許してくださるかもと望みを持ったからです。今、火が放たれ、お許しが得られないことを知り、私は自分の罪の重さを改めて知りました。私は、罪人として捕らわれることは望みません。ここで死にます」

そして、天皇の顔を見つめる。

「天皇様、受けた御恩は忘れません」

「姫、その子は私の子だ。死ぬことは許さぬ。その子のために戻れ！」

姫の両頬を涙が伝う。

「この子を許してくださるのですか」

そして、続けた。

「天皇様、お願いです。私の後には、丹波道主王《たにわのちぬしのきみ》の五人の娘達をお迎えください。五人とも、心がきれいな女たち。私のような過ちは、決していたしません。お願いです。どうか、丹波の娘達を妃に迎えてください」

周囲にいた者達がざわついた。丹波道主王は、狭穂彦兄妹の父である彦坐王の息子。同じく大日日天皇の皇子である彦湯産隅王の女婿でもある。その娘達ならば、謀反を企てた張本人、狭穂彦の姪達だ。そのようなことが許されるのか。

だが、皇后は、炎を背にひたすら天皇の顔を見つめ、目で訴え続けている。丹波との繋がりを切らないで。もう争わないで、こんなことになってしまったけれど。私の命と引き換えに、どうかお願いします。

「わかった」

長い沈黙の後、天皇は言った。

「丹波の娘達を妃に迎える」

狭穂姫の身体から力が抜け、ほっとした顔になる。泣きべそ顔で微笑み、深く頭を下げ、そのまま赤子を地面に置くと、ひらりと身をひるがえし、炎の中へ。

炎の中には、刀を握りしめ、立ち尽くす兄がいた。

「お前、いいのか……」

狭穂姫は、にっこりと微笑む。兄を死なせて、生きていくことなどできない。

狭穂彦は手を延ばし、狭穂姫を胸に抱き寄せる。幼い頃から、ずっと一緒にいた。愛する妹。一緒に死ぬのだ。

あわてて皇后を追おうとする八綱田。だが、炎は燃え盛る。泣き叫ぶ赤子をすくいあげ、逞しい両腕に抱え込み、熱気から守るので精一杯だ。やがて城は崩れ落ちる。

赤子は泣き続ける。天皇は、ただその様子を見守り続ける。

狭穂彦王と狭穂姫は、炎の中で焼け死んだ。

「天皇様」

気遣う声は、火を放った八綱田だ。

振り向いた天皇は、髪の毛や衣服を焦がし、ところどころ火傷を負った八綱田と、その逞しい腕の中で泣いている我が子を見た。焦げ臭い匂い。白い煙、建物が崩れ落ちる音。大声で泣きたくなる。その気持ちに耐えながら、天皇は言った。

「八綱田、よくやった。火を恐れず、皇子を救ってくれた。お前の功績により、倭日《やまとひ》向武日向八綱田《むかたけひむかやつなだ》と名を与える」

八綱田は、赤子を胸に抱いたまま、深々と頭を下げた。

「また彦坐王の血筋を妃に迎えるなど、とんでもない」

「御命を狙われたのですぞ！」

「天皇様、彦坐王に繋がる者達は信用できない。すべて討ち取りましょう」

宮中でそのような声が上がっていた頃、彦坐王に繋がる人々の間でも議論が交わされていた。

「狭穂彦と狭穂姫が討たれた。どうする」

「我等の協定は破られた」

「先に破ったのは、狭穂彦だ」

「戦になるのか」

「いや、狭穂姫は次の皇后に丹波の姫をと願い、天皇は聞き入れたそうだ」

「しかし、そのようなことができるのか」

「早まるな。様子を見よう」

そして、次の皇后が決まらぬまま、月日は流れる。


即位七年七月七日。側近の者が、天皇に申し上げる。

「当麻村に当摩蹶速《たぎまのけはや》という勇士がおります。力が強く、武術にも優れております。その男がいつも周囲の人々に言っているそうです。『この世に、吾と力比べができる者がいないか。力が強い者に会って、命を懸けて、ひたすら力比べをしたいものだ』と」

天皇は、家臣達を集めて問うた。

「当摩蹶速は天下の力士と聞いた。この男に並ぶ強者を誰か知らぬか」

すると、一人の家臣が進み出た。

「出雲国に野見宿禰《のみのすくね》という勇士がいると聞きます。この男をお召しになり、当摩蹶速と戦わせてみてはいかがでしょう」

天皇は早速、倭直の祖となる長尾市《ながおち》を出雲に遣わし、野見宿禰を呼んだ。出雲から野見宿禰が到着すると、当摩蹶速を呼び出し、二人に相撲をとらせた。

二人は向き合って立った。それぞれ足を上げて、互いに踏み合う。野見宿禰は、当摩蹶速の肋骨を踏み折り、腰骨を踏み砕いて殺した。

当摩蹶速が持っていた土地は没収され、すべて野見宿禰に与えられた。彼は出雲へは帰らず、そのまま天皇に仕えることとなった。


即位十五年二月。

逝去から十年、皇后であった狭穂姫の最後の願いが、ようやく叶えられようとしていた。丹波道主王《たにわのちぬしのおおきみ》の娘五人が後宮に呼ばれたのだ。歳の順で言えば、日葉酢媛《ひばすひめ》、渟葉田瓊入媛《ぬはたにいりひめ》、真砥野媛《まとのひめ》、薊瓊入媛《あざみにいりひめ》、竹野媛《たかのひめ》の五人である。

大器と言われる天皇でさえ、彦坐王《ひこいますのみこ》の血をひく彼女達を受け入れるには十年の歳月が必要だった。その十年の歳月は、年頃の姉妹が待ち続けた十年でもある。

「天皇様、丹波道主王殿の姫君達でございます」

「顔を上げよ」

天皇の声に、姉妹は顔を上げる。日葉酢媛は、落ち着いた美しい大人の女性。渟葉田瓊入媛と薊瓊入媛には、狭穂姫の面影がある。だが、竹野媛の顔に視線を移したとき、天皇の顔は知らず強張っていた。

後宮に入って半年が過ぎ、天皇は日葉酢媛を皇后とした。妹四人のうち三人を妃に迎え、竹野媛は国に帰した。

「やはりな」

昔のことを知っている家臣は言う。竹野媛は、狭穂彦に似ていた。いくら亡き狭穂姫の願いとはいえ、この顔の女を愛することはできまい。

丹波への帰り道、竹野媛はぼんやりと輿《こし》の上で揺られている。五人姉妹で励ましあった日々。ようやく天皇の元へ呼ばれ、今は一人で丹波へ帰っている。気持ちが乱れて涙も出ない。

その時、後ろに続く侍女達が話す声が聞こえた。

「本当にひどいこと。いくら狭穂彦様とお顔が似ているからと言って」

姫は、はっと振り向く。

「そうなの？　謀反をおこした男と同じ顔だと言われたのですか？」

断られた理由が容姿と知った竹野媛は、そのことを恥とした。

「我等一族の心をお伝えします」

丹波へ帰る途中、葛野において、自ら輿《こし》から落ちて亡くなった。その地を堕国《おちくに》と言っていたが、後に弟国《おとくに》と呼ばれるようになる。

皇后となった日葉酢媛《ひばすひめ》は、三人の皇子と二人の皇女を生んだ。五十《い》瓊敷入彦《にしきいりひこ》、大足彦《おおたらしひこ》、大中姫《おおなかつひめ》、倭姫《やまとひめ》そして稚城《わかき》瓊入彦《にいりひこ》の五人である。渟葉田《ぬはた》瓊入媛《にいりひめ》と薊《あざみ》瓊入媛《にいりひめ》もそれぞれ一男一女の母となった。

即位二十三年十月。

誉津別王《ほむつわけのみこ》は、狭穂姫の忘れ形見。成人し髭も伸びたが、未だ言葉を話せない。思いが伝わらぬ悔しさに、幼児のように泣くばかり。天皇は、いつも不憫に思っていた。

その日、正殿の前にいた父子の視界に一羽の白鳥が現れた。白鳥は青空高く二人の頭上を舞う。すると、空を見上げた誉津別王が不意に口を開いた。

「あれは、何？」

初めて言葉を発した！　白鳥はそのまま飛び去って行く。天皇は、すぐに命じた。

「誰か！　あの鳥を捕らえよ！」

一人の従者が、さっと進み出る。天湯河板挙《あめのゆかわたな》だ。

「私が捕らえて献上します！」

「必ず褒美を与える。行け！」

湯河板挙《ゆかわたな》は白鳥が飛んで行った方角を目指し、ただちに出発する。彼は、紀伊国から播磨、因幡を経て丹波、但馬へ至り、さらに近江から美濃、尾張、信濃を廻り、ついに但馬の和那美《わなみ》（兵庫県養父市）の水門《みなと》で白鳥を捕らえた。

翌十一月、捕らえた白鳥を携え、湯河板挙《ゆかわたな》が帰って来た。居並ぶ重臣達の前で、天皇は湯河板挙を誉め、鳥取造《ととりのみやつこ》という姓《かばね》を与える。そして、誉津別王の前に、献上された白鳥が置かれた。

誉津別王は、あの日以来言葉を発していない。白鳥を見れば、また皇子が話し出すのでは。皆がそう期待し、固唾を飲んで見守る。だが、皇子の口から言葉は出てこない。

落胆した天皇だったが、夢の中で神の声を聞いた。

「我が宮を天皇の宮殿のように修理すれば、皇子は必ず言葉を話すだろう」

目を覚まし、太占《ふとまに》で占わせたところ、出雲の大神の言葉と出る。誉津別王を出雲に遣わす場合の同行者について再度占えば、曙立王《あけたつのみこ》がよいと出た。曙立王は、彦坐王の息子である大俣王の子。誉津別王と同じく、彦坐王の孫である。その曙立王を呼び、神の意を確認するために誓約《うけい》を行った。

「出雲の大神を拝むよう示されるのであれば、鷺《さぎ》の巣に住む鷺よ、誓《うけ》い落ちよ！」

と言うと、鷺が地面に落ちて死んだ。

「誓《うけ》い生きよ！」

と言うと、生き返った。

こうして神の意を確認した天皇は、誉津別王に曙立王とその弟の菟上王《うなかみのみこ》を副えて出雲へと向かわせた。

出雲の大神は西の海から入江となった神門水海《かむどのみずうみ》の畔《ほとり》で祀られている。一行は大神に参拝した後、斐伊川の畔《ほとり》の仮宮で休んだ。その川下では、出雲国造の祖となる岐比佐《きひさ》都美《つみ》が青葉の山を飾り、誉津別王のための宴の準備を始めている。すると、誉津別王が口を開き、いきなり話し始めた。

「この川下に青葉の山のようにあるのは、山のように見えて山ではない。出雲の大神を斎祀《いつきまつ》る者の祭祀の場か」

曙立王と菟上王は驚き、また大いに喜び、天皇へ早馬で知らせを送る。

岐比佐都美から歓待を受けた一行は、檳榔《あじまさ》の長穂の宮に宿泊することにした。檳榔《あじまさ》とは、神が宿る檳榔《びろう》の木である。その夜、誉津別王の元に麗しい姫君が訪れ、肥長《ひなが》姫と名乗った。皇子は彼女と愛し合い、安らかな眠りにつく。

ところが夜中にふと目をやると、隣で眠っているのは美しい蛇《おろち》。

「うわっ！」

飛び起きた誉津別王は、曙立王と菟上王を呼び起こし、そのまま逃げ出す。目覚めた肥長姫は元の姿に戻って身を起こし、皇子達の後を追いながら、悲しげに呼びかける。

「逃げないで！　傍にいて」

背にすがる声を振り切り、皇子達は舟へ。必死に漕ぎ進むと、姫は海原を照らして追ってくる。美しい姫の姿に鎌首を掲げて泳ぐ蛇の姿が重なって見える。

一行はますます畏《おそ》れ畏《かしこ》み、山が低くなった所で舟を引き上げ、陸地を逃げる。そのまま這《ほ》う這うの体《てい》で都まで逃げ帰り、曙立王は天皇に改めて報告した。

「出雲の大神に参拝し、誉津別王は話されるようになりました」

天皇は喜び、菟上王を出雲に返して神の宮を修理させた。

即位二十五年二月八日。

天皇は、五人の重臣を呼んだ。呼ばれたのは、天皇の伯父で阿倍臣《あべのおみ》の遠祖となる武《たけ》渟川別《ぬなかわわけ》、大日日天皇の妃姥津《ははつ》媛の甥で和珥臣《わにのおみ》の遠祖となる彦国茸《ひこくにぶく》、中臣連《なかとみのむらじ》の遠祖となる大鹿嶋《おおかしま》、伊香色雄《いかがしこお》の息子で物部連《もののべのむらじ》の遠祖となる十千根《とおちね》、大伴連《おおとものむらじ》の遠祖となる武《たけ》日《ひ》である。

「先の天皇、御間城《みまき》入彦《いりひこ》五十《い》瓊殖天皇《にえのすめらみこと》は、人格に優れ聖人とも言えるほどの方であった。聡明にして謙譲の心を持ち、自らに厳しく神祇を敬われ、国政の安定に努められた。民が飢えず、天下が泰平であるのは、父天皇の苦労の賜物である。私の世になり神祇を祀ることを怠るなど、決してあってはならぬ」

そう言われた。

三月十日、天照大神を豊耜入姫《とよすきいりひめ》から離し、皇后日葉酢媛《ひばすひめ》が産んだ倭姫《やまとひめ》に託す。豊耜《とよすき》入姫《いりひめ》は、前の御間城《みまき》天皇の命により倭《やまと》の笠縫邑《かさぬいむら》で祀っていた。

天照大神が鎮座される場所を求めて倭姫は、菟田《うだ》から近江へ、それから東の美濃を廻り伊勢へと至る。この時、天照大神が倭姫に告げられた。

「この神風の伊勢国は、常世《とこよ》の波が繰り返し寄せる国。都の傍の美しい国。この国に鎮まろうと思う」

その大神の教えに従い、天照大神の社《やしろ》を伊勢国に、斎宮《いわいのみや》を五十鈴《いすず》の川上に建てる。これを磯宮《いそのみや》という。ここは、天照大神が初めて天下られた所である。

伊香色雄の子で穂積臣《ほづみのおみ》の遠祖となる大水口宿禰《おおみくちのすくね》には、倭大神《やまとのおおかみ》が憑《つ》き、次のように諭された。

「天神をこの国にお迎えした最初のときに、このような契りがなされた。『天照大神は、悉く天原《ことごとあまのはら》を治める。皇御孫尊《すめみまのみこと》は、専《もっぱ》ら葦原中国《あしはらのなかつくに》の八十魂神《やそみたまのかみ》、すなわち諸国を司る神々すべてを統治する。私は、倭《やまと》の国土そのものを治めていく』と。これは、最終的なもの、不可逆的なもの、ゆるぎないものである。先の御間城天皇は神祇を祀ってはいたが、この根源的な契りの意味することを理解せず、ただ形だけ追って祭祀を行っていたのだ。そのために、先代は長生きできなかった。先の天皇の不足を悔い謹んで我を祀れば、汝の寿命は長く、また天下泰平となろう」

この倭大神《やまとのおおかみ》は、初代倭国造《やまとのくにのみやつこ》椎根津彦《しいねつひこ》の末裔である長尾市宿禰《ながおちのすくね》に祀らせた。この長尾市は、大倭直《おおやまとのあたい》の祖となる。

即位二十六年八月、天皇は、物部十千根大連《もののべのとおちねのおおむらじ》を呼んだ。

「出雲国へしばしば使いを出し、出雲の神宝の詳細を報告するよう命じているが、正確な内容を掌握し報告する者がいない。そなた自ら出雲へ行き、調べて参れ」

そう命を受けた十千根は出雲へ行き、神宝を検閲して詳細を報告した。よって、神宝を司ることになった。

即位二十七年八月、兵器を神に捧げる幣帛《へいはく》としてよいか、神官に占わせると「吉《よし》」と出る。よって、弓矢と太刀を諸々の神の社《やしろ》に納める。さらに、神の領地、神の民を定め、季節に応じ定期的に祀らせる。兵器をもって神祇を祀ることは、この時に始まった。

即位二十八年七月。

但馬《たじま》を統治する但馬日楢杵《ひならぎ》は、「新羅の王子」天日槍《あめのひほこ》の末裔。彼には若い三人の息子がいる。長男の田道間守《たじまもり》は都で天皇の側近として仕え、次男の比多訶《ひたか》と三男清彦《きよひこ》は但馬で暮らしている。

天皇の重臣達の中には、彦坐王や丹波に繋がる血筋を警戒する声も、いまだ根強く残っている。彼等にとって、若い後継者に恵まれた但馬の繁栄も、見過ごせないものとなっていた。

その重臣の一人が、天皇に進言する。

「但馬には、天日槍が新羅から持参した宝物を証拠に、新羅王の血筋と吹聴する者達がいます。このような宝物は、天皇様の手元におかれるべきです」

天皇は、応える。

「案じるな。田道間守の忠誠心は、そなた達も知っておろう」

「しかし、但馬にいる父親や弟達はどうでしょう。天日槍の妻の父親俣尾《またお》は、実は丹波の由碁理《ゆごり》とも言われています。油断は禁物です」

重臣の必死の形相に天皇も折れ、家臣達の前で告げる。

「新羅の王子天日槍が持ってきた宝物が、今、神宝となり但馬にあると聞く。その宝物を見たいものだ」

その日のうちに、天皇の意向を伝えるため、田道間守《たじまもり》が使者となって但馬へ向かった。

「これは、我が一族の宝。新羅王の血筋である証。どうしたものか」

突然の命令に、日楢杵《ひならぎ》達は頭を抱える。

「そうは言っても、断れば忠誠を疑われ、攻め込む口実を与えかねない」

「ようやく我等の関係も落ち着いてきたというのに、なぜまた今頃このようなことを」

「重臣達の差し金でしょう」

「やむを得ぬか……」

宝物庫から神宝が出され、一族の前に並べられる。羽太の玉一つ。足高の玉一つ。鵜鹿鹿《うかか》の赤石の玉一つ、日鏡《ひのかがみ》一面、熊の神籬《ひもろぎ》一具、そして小刀一つである。

「本当に美しい小刀ですね、父上」

田道間守《たじまもり》の末弟、成人したばかりの清彦《きよひこ》がため息をつく。

「せめて、この小刀だけでも」

「ならぬ。これは、天皇様への忠義の証だ」

気色ばむ田道間守を、日楢杵《ひならぎ》がなだめる。

「清彦の気持ちもわかる。見たいは口実で、このまま没収されるかもしれぬ」

「まさか、そのような」

「出雲の神宝のときは、そうであった」

没収されてしまえば、新羅の王族の末裔である証の品が失われる。それでは、先祖の天日槍様にも申し訳がたたない。子孫のためにはなおさらだ。他の地方の有力者達と同じ扱いを受けてしまう。

日楢杵達は逡巡したが、断る術もない。残念ながら献上せざるを得ない。そして、宝物一式を清彦に持たせ、都へ帰る田道間守に同行させることにした。

控えの間で呼び出しを待ちながら清彦は、白木の台に並べられた神宝一式を見つめている。素晴らしい品々。新羅王の血を引く証。代々守ってきた一族の宝。天皇の命とは言え、あっさり献上して本当によいのだろうか。一つの考えが頭から離れない。鏡や玉は無ければおかしいが、小刀ならば無くても気づかれないのでは。

天皇の家臣が呼びに来た。献上台に両手を伸ばした清彦は、思わず小刀を手に取り、袖の中に隠してしまった。そして、残りの宝物を載せた台を両手で掲げ、広間へ。両側に居並ぶ家臣達の中には、兄の姿も見える。彼等の間を抜け、清彦は天皇の前へと恭しく進み出る。

「一族に伝わる神宝、我等が祖先天日槍が新羅より持参しました、宝物でございます」

「お前が清彦か。よくぞ持って来てくれた。近く寄れ。神酒を取らそう」

天皇は優しい言葉をかける。丹波但馬との和解は、大きな命題の一つ。神宝を献上するのは辛かっただろうに、こうして快く持参してくれたことが嬉しい。

天皇の言葉に、清彦は台を置き、両手をついて進み出る。盃《さかずき》を受け取ろうと手を伸ばしたとき、袖口から小刀の頭が飛び出した。

天皇が気付き、清彦に問う。

「清彦、そなたの衣の中に見えるのは、何か」

清彦の顔から血の気が引く。

「小刀だ！」

「小刀を持っているぞ！」

周囲の者達が叫びだす。警護の兵は太刀に手をかけ腰を浮かす。田道間守は、あまりのことに驚き、身動きもできない。

天皇は、重ねて問う。

「その小刀は、何のための小刀か」

震える声を抑えつつ、清彦が答える。

「これも、天皇様に献上する神宝の一つです」

あたりはざわつき、天皇の命令を待っている。

美しい飾り紐がついた小刀。また、繰り返されるのか。震えていた愛しい乙女、狭穂姫よ。

天皇は、静かに尋ねる。

「その小刀は、他の神宝と離すことができるのか」

清彦は、天皇の眼を見ることができず、小刀を頭上に掲げて答える。

「天皇様、これも他の神宝とともに献上するものでございます。どうぞお受け取りくださいませ」

天皇が視線を送ると、家臣が駆け寄り、清彦の手から出石の小刀を奪い取る。

「清彦、神宝は確かに受け取った。下がってよい」

全身を強張らせ、清彦は下がっていく。

「天皇様、良いのですか！　小刀を隠し持っていたのですぞ！」

「すぐに捕らえ、処罰しましょう！」

そんな家臣達の声を聞きながら、田道間守の身体は小刻みに震えている。ここで飛び出せば、弟の悪意を認めるようなもの。だが見殺しにはできない。弟が切り殺されるならば、共に刃を受けるまで。

その時、天皇の声が朗々と響いた。

「神宝は、確かに受け取った。皆神倉《みくら》に入れよ」

弟の姿を目で追っていた田道間守は、思わず振り向いた。

周囲の者達が抗議の声を上げている。

「天皇様！」

天皇は何も言わず、ただ一瞬、田道間守の顔を見て微かに頷く。天皇を見つめる田道間守の両目から、感謝の涙が溢れ出した。


その数日後のこと。

「天皇様、天日槍の小刀が消えています！」

駆け込んできた家臣が告げ、側近達の視線は一斉に田道間守に向けられる。

「私は、何もしていない」

「あの清彦の実の兄だ。お前も信用ならぬ」

側近達の怒りの声を手で制し、天皇が言った。

「田道間守、但馬に使いを出して問うてみよ。小刀が消えている。もしや、但馬へ戻っていないか、と」

「すぐに行って、確かめて参ります」

そう答え、田道間守は但馬へ向かう。

その頃、但馬の日槍杵の屋敷では、動揺が広がっていた。いつの間にか、小刀が戻っていたのだ。そう言ったところで、誰が信じよう。美しい飾り刀を前に、一族は皆、知らず声を潜めている。

「これは、罠だ。誰かが、我が一族を陥れようとしている」

「どうする」

到着した田道間守も話に加わるが、結論が出ない。

翌朝、事態はさらに悪化した。今度は、小刀が消えていたのだ。もう訳がわからない。気味が悪いと怯える者さえいる。

「誰が隠した！」

見回す田道間守に、皆首を横に振る。清彦も真剣に否定する。

「兄上、私ではありません！」

日槽杵がため息をつく。

「一族の誰かの仕業でも、我等を陥れようとする者の仕業でも、結局は同じこと。小刀が現れ、消えたのだ。天皇にどう申し開きをすればよいのか」

田道間守は、腹をくくった。

「天皇様には、私がご報告します」

「何と言うのだ」

「ありのままを言うしかありません。小刀が自ら動き、但馬に現れ、消えた、と」

「兄上！」

「殺されるぞ！」

周囲の声を彼は遮った。

「逆賊とされないためには、それしかありません。真実を述べ、天皇様の御心にすがるしかないのです」

都に戻った田道間守は、重臣達に責めたてられた。

「お前の家にあるのを見たという者がいる」

「確かに私の家に戻っておりました。しかし、今朝、また消えておりました」

声が震える。周囲は、ざわついている。

「そんなことを、誰が信じるというのか！」

「天皇様、処罰を！」

黙って聞いていた天皇は、口を開いた。

「わかった。私が持つべきものではないのであろう。小刀自ら己の居場所を探しているのだ。もう追うまい」

田道間守は、何も言葉が見つからない。ただ深く頭を下げる。

この後、小刀は淡路島で見つかった。天日槍が滞在を許された場所、紀の国へと渡る由良の港の近くである。淡路島の人々は、小刀のために祠を建てて祀った。

その年の十月五日、天皇の同母弟の倭彦が逝去した。一部の家臣が進言する。

「天皇様、かの国では、高貴な方が亡くなられたときは、人柱を立てるものでございます。大国の証、天皇様の御威光の証として、行いましょう」

「そのようなものなのか？　殉死する者達は、納得するだろうか」

「殉死は、初めてではございません。陵の周囲に立てるというだけ。倭彦様とともにあの世に向かうのでございます」

十一月二日、倭彦を身狭《むさ》の桃花鳥坂《つきさか》に葬るにあたり、その陵の周りを囲うように、身近で仕えていた者達を生きたまま立姿で埋めた。

「お助けください！　お許しください！」

埋められた者達は、昼も夜も泣き叫ぶ。やがて生命《いのち》が尽きた者の周囲には、その肉を求めて犬や烏が群がった。腐り始めた遺体から死臭が広がり、それでも死にきれない者達の泣き声が、何日も続いた。

地獄さながらの光景に心を痛め、天皇は命じた。

「生きているときに寵愛を受けたといって、亡くなった者に従わせるのは、なんと酷いことだろう。昔からのしきたりとは言え、なぜ良くないしきたりに従うのか。これより後、人柱は立てるな」

三　活目入彦五十狭茅天皇（第十一代　垂仁天皇）

即位三十年一月、天皇は、皇后が産んだ皇子のうち、長男の五十《い》瓊敷《にしき》と次男の大《おお》足彦《たらしひこ》を呼んだ。

「お前達、各々願うところを述べよ」

すぐに五十瓊敷が答えた。

「私は、弓矢を得たいと思います」

「お前は、何が望みだ」

父が大足彦に問うと、彼は答える。

「皇位を得たいと思います」

天皇はゆっくりと頷いた。

「それぞれの願いを叶えよう」

そして、兄の五十瓊敷には弓矢を与えた。

即位三十年二月、

姿を見せない皇后を気遣う田道間守《たじまもり》に、天皇は隠さず告げた。

「皇后の具合がよくない。病に侵されているようだ」

「えっ」

「この国をまとめてこられたのは、皇后が蔭で支えてくれたからだ。お前達の力も得て、この国の土台を築くことができた。本当に残念だ」

田道間守は尋ねる。

「何か効く薬はないのですか？」

「常世国《とこよのくに》に非時《ときじく》の香果《かくのみ》というものがあると聞く。この果実を食べれば、病も治り、命が長らえるそうだ」

「私が必ず持ち帰り、皇后様と天皇様に献上します」

意気込む田道間守の姿に、天皇の顔も少しほころぶ。

「これは本当にあるのかわからぬぞ。常世国とて遥か遠い国であろう。危険を冒して行くことはない。これも皇后の運命。残念だが仕方がない」

田道間守は繰り返す。

「天皇様、私が命をかけて行って参ります。どうか、待っていてください」

三十二年（三〇三年）七月六日、皇后日葉酢媛が逝去した。

天皇は家臣達に問う。

「倭彦が逝去したとき、生者を死者に従わせることが良くないと知った。皇后の葬儀は、どうしたらよいであろう」

するに、野見宿禰が進み出た。

「生きた人を埋めるのは、良くありません。このような悪習は、後世に伝えるべきでありません。天皇様、他の方法を試してもよろしいでしょうか」

「どうするのだ」

「秦の始皇帝は、土で焼いた人形《ひとがた》を身代わりとして、殉死を免れさせたと聞きました。出雲国の土師《はじ》達の腕は確かです。彼等ならば、土で人形も作れるでしょう。彼等を呼びよせ、作らせてみてはいかがでしょうか」

「やってみよ」

野見宿禰は、さっそく出雲に使者を遣わし、土師達百人を呼び寄せた。そして、自ら埴土《はにつち》を探し、人、馬、家等の物の形に作り、土器のように焼き上げた。

完成した品々を、天皇の前に献上して、申し上げる。

「今より後は、この土物《つちもの》をもって、生きた人の代わりに陵に立て、後の世の決まりといたしましょう」

天皇は大いに喜び、野見宿禰に言った。

「そなたの考えは、まさに、私の心に沿うものだ」

そして、日葉酢媛の陵墓には、土で焼いた物を並べた。この土物を埴輪と名付ける。または、立物《たてもの》ともいう。これが、その始まりである。

「今より後、陵墓には土物を立てよ。決して人を傷つけるな」

そう勅令を出す。

天皇は、野見宿禰の功を褒め、土部臣《はじのおみ》という名と、火を扱う場所を与え、土師職を任せた。これが、土部連《はじのむらじ》等が天皇の葬儀を司ることになるいきさつである。

三十四年三月。天皇は山背に行幸した。

皇后日葉酢媛を亡くした天皇を気遣っていた側近の者達が、口々に申し上げる。

「この国に、美しい姫君がいます。綺戸辺《かにはたとべ》という名で、容姿端麗。山背大国の不遅《ふち》の下の娘です」

「天皇様、後宮にお迎えくださいませ」

天皇は苦笑しつつ、矛を手に取り、声に出した。

「その美女が私に出会う運命であれば、道に験《しるし》、現れよ！」

そのまま進み、山背の宮に着こうという頃、大きな亀が川の中から這い出てきた。

天皇が矛を上げ、亀を刺すと、亀はたちまち石に変わる。

天皇は、側近の者達を振り返り、言った。

「験《しるし》を見たか。どうやら私は、必ずその媛に出会うことになるようだ」

山背大国の不遅に使を出すと、彼は、姉の苅幡戸辺《かりはたとべ》も添えたいと申し出た。天皇は許し、姉妹を妃として後宮に入れた。妹の綺戸辺《かにはたとべ》は、三尾君の始祖となる磐衝別《いわつくわけ》と磐衝姫を産む。「磐衝」とは、衝いた亀が石になったことによる。姉の苅幡戸辺も、三人の男子を産んだ。

三十五年九月、天皇は、皇后日葉酢媛《ひばすひめ》が産んだ長子五十瓊敷《いにしき》を河内国に遣わし、稲刈りが終わった民達を使い、高石池《たかしのいけ》と茅渟池《ちぬのいけ》を作らせた。十月には、倭《やまと》の地に、狭城池《さきのいけ》と迹見池《とみのいけ》を作る。

この年は、諸国に勅令を出し、多くの水路も掘らせた。灌漑工事により水が行き渡ると作物の収穫量が増え、百姓の暮らしも楽になった。

かつて「弓矢を得たい」と答えた五十瓊敷は、茅渟《ちぬ》の川上宮に滞在して剣千本を作り、石上神宮《いそのかみ》に奉納した。父親である天皇は、彼には石上神宮の神宝を司らせることにし、併せて神への供物を作る十箇の品部《とものみやつこら》を与えた。盾、弓、矢、太刀、玉、そして織物、金属、焼物などを作る者達である。

神宝の管理をよく務めた五十瓊敷は、老いた後は妹の大中姫《おおなかつひめ》に任務を委ねようとしたという。

「私は弱い女人です。どうして天《あめ》の神庫《ほくら》に登ることができるでしょう」

「梯子を立てよう。お前でもきっと登れる」

熱心に説き伏せられ、一度は引き受けた大中姫だったが、結局、伊香色雄の息子である物部十千根大連《もののべのとおちねのおおむらじ》に託すことにした。

石上神宮に納められている八尺瓊の勾玉には、こんな謂れがある。昔、丹波国桑田村の甕襲《みかそ》という男が、足往《あゆき》という名の犬を飼っていた。勾玉は、この犬が食い殺した山の獣ムジナの腹にあったものだと。桑田は後の亀岡市、京都市辺り。山城から丹波へと続く地域を玖賀ともいう。「桑田村の甕襲《みかそ》」とは、無念の死を遂げた玖賀耳之御笠《くがみみのみかさ》のことか。

石上神宮の神宝は、今に至るまで守られ続けている。

三十七年正月、天皇は、大足彦を正式に皇太子とした。

三十九年（三一〇年）七月、天皇は纏向宮《まきむく》で崩御した。

他人を責めず、泣き言を言わぬ、立派な天皇であった。民を思い、国を思い、自分がなすべきことを黙々と果たし続けた。寛大な心を持ち、清濁併せ呑む大器であった。人々は天皇の死を心から悲しんだ。

その年の十二月、天皇は菅原伏見陵（奈良市尼ケ辻町）に葬られた。

翌年三月初め、背に荷物をくくりつけ、一人の男が道を急いでいる。日に焼けた肌に、うっすら光る汗。もうすぐ宮殿だ。その表情は明るい。

「おお、お前は！」

出てきた老臣は、男の顔を確認して驚く。

「田道間守でございます。ただ今、帰りました」

「無事だったか。天皇様も随分心配されていた。本当によく帰ってきた」

男は嬉しそうに笑う。

「天皇様に、お渡しするものがあります。お取次ぎください」

奇妙な沈黙。田道間守は、背の荷物を下ろし、中を見せた。

「非時《ときじく》の香果《かくのみ》です。これがあれば、ずっと長生きしていただけます」

「お前、知らないのか」

「え？」

「天皇様は、亡くなられた」

「亡くなられたのは、皇后日葉酢媛様では」

「天皇様も亡くなられた」

「いつ……」

「昨年のことだ。葬儀も終わった」

「では、もう、お会いできないのですか」

彼は、よろよろと倒れこむ。

「常世国は遠く、荒海を渡り、山奥に分け入り、何度も死を覚悟しました。それでも非時《ときじく》の香果《かくのみ》を手に入れ、こうして帰って来られたのは、天皇様の神霊に守られたおかげ。そう感謝して帰ってきたのに……」

田道間守は泣き崩れた。

「弟の命を救ってくださった天皇様、狭穂姫様の遺言を守り、丹波但馬を信じてくださった天皇様、この御恩を返すこともできず、その天皇様が亡くなられては、私が生きていることに、なんの意味がありましょう」

そして、天皇の陵を訪ね、その前に伏して泣き続ける。

「田道間守殿、もう帰りましょう」

「家族が待っているぞ。早く顔を見せてやれ」

駆けつけた昔の同僚たちの言葉にも応えず、立たせようとする人の手も振り切り、田道間守はただ泣き続ける。

「私は離れない！　ずっと天皇様のお傍に！」

誰も彼を動かすことはできない。

三月十二日、慟哭の声が途絶えた。御陵の前で、田道間守は息絶えていた。丹波、但馬の人々も、彦坐王の血を引く人々も、都の人々も、伝え聞いた人々は皆、涙を流した。

忠誠を貫いた田道間守は、後に垂仁天皇陵の傍らに葬られた。彼が持ち帰った橘は根を下ろし、春には清らかな白い花をつけ、甘い香りを漂わせる。

邪馬台国と大倭（だいわ・おおやまと）と大和政権（解説）

一　邪馬台国と「大倭」

かつて日本は「倭《わ》」と呼ばれていた。中国歴代王朝の歴史書である「正史《せいし》」には、各時代の「倭」や「倭人」に関する記録が残されている。

たとえば次に掲げる記事は、西暦二二〇年から二六五年まで中国北部を支配していた魏王朝について書かれた『魏志』の「東夷伝・倭人」（『魏志』「倭人伝」）にあるもの。中国王朝から見たものだが、その具体的な描写は、卑弥呼の倭国統治について多くの情報を今に伝えている。

国々に市《いち》がある。交易の有無は、大倭《だいわ》にこれを監視させている。女王国より以北には、特に一大率《いちだいそつ》を置き検察する。諸国はこれを畏《おそ》れ憚《はばか》る。常に伊都国《いとこく》を治める。国中における刺史《しし》（魏の監察官）のようである。（倭国の）王が（魏の）都（洛陽）や（朝鮮半島に置かれていた魏の出先機関である）帯方郡や諸韓国に使者を遣《つか》わし、帯方郡が倭国に使者を出すと、皆、港に臨《のぞ》み、文書や賜遺《しい》の物を捜《さが》して露《あら》わにし、伝送して女王（卑弥呼）に報告する。間違いは許されない。

参考までに原文を掲げる。（空白は筆者が入れた）

國國有市　交易有無　使大倭監之　自女王国以北　特置一大率検察　諸國畏憚之
常治伊都国　於國中有如刺史　王遣使詣京都帯方郡諸韓国　及郡使倭國
皆臨津　捜露傳送文書賜遺之物　詣女王不得差錯

『魏志』「倭人伝」によれば、倭人の「國國」は、かつて「百余国」あり漢に朝見する者もいたが、今、正式な外交を行える国は「三十国」である。紹介した記事は、これらの国々に市があり、その交易状況を、卑弥呼が「大倭」に監視させている、というのである。

女王国（邪馬台国）より北には、さらに「一大率」という検察組織が置かれ、諸国に恐れられていた。『魏志』「倭人伝」は、朝鮮半島南端から海を二回渡った所にある国を「一大国」とする。地理的に壱岐であるため、「一大」は「一支《いき》」の書き間違いともされるが、『魏志』「倭人伝」原本では、対馬も「対海国」である。北部九州に極めて近く、朝鮮半島に渡る交通の要所でもある壱岐が「一大国」と呼ばれ、交易を取り締まる検察組織「一大率」が置かれていたとしても不思議ではない。

卑弥呼はさらに「常に伊都国を治める」。『魏志』「倭人伝」の行程記事によると、一大国から海を渡った末盧《まつろ》国から「東南陸行五百里」で「伊都国」。末盧国は佐賀県唐津市、伊都国は福岡県糸島市辺りとされる。この伊都国は、「（家が）千戸余りあり、代々王がいるが皆女王国に統属」していて、「郡使の往来が常に駐（とど）まる所」。魏の都や帯方郡、諸韓国へ向かう使も、朝鮮半島から倭国へ入る使も皆、この伊都国の港で止められ、すべての持ち物を調べられた。

この持ち物検査は、かなり厳しい。やりとりする文書や品物について報告書が作られ、女王卑弥呼に伝送される。間違いは許されない。『魏志』「倭人伝」に記載された伊都国の副官の呼称は「泄謨觚柄渠觚」。正しい読み方は不明だが、「觚《こ》」は字を書く木片のことで、現在の中国語でも「繰觚《ツァウグ》」と言えば「物書きを職業とする人」の意味。人や物の動きに関して正確な記録を作り、女王へ報告する、いわば「伊都国の書記官」というべき任務が極めて重要視されていた証だろう。このことを裏付けるように、糸島市および唐津市では、弥生時代に硯を製造していた痕跡が出土している。

これらの記述から浮かび上がるのは、倭人諸国の国境を超越した組織を使い、政治的交流や商業的交易を厳しく監視する、女王卑弥呼の姿である。「大倭」を使った市場の監視、「一大率」による検察、朝鮮半島や大陸との窓口を伊都国一か所に定めた上での徹底した支配。なぜ彼女には、そのようなことが可能だったのか。

ここで注目したいのは、『古事記』の表記上、「大倭」で始まる天皇が四人いることだ。『日本書紀』における表記と並べて紹介しよう。

『古事記』表記	『日本書紀』表記	
大倭日子鉏友天皇	大日本彦耜友天皇	（第四代　懿徳天皇）
大倭帯日子國押人天皇	日本足彦国押人天皇	（第六代　孝安天皇）
大倭根子日子賦斗邇天皇	大日本根子彦太瓊天皇	（第七代　孝霊天皇）
大倭根子日子國玖琉天皇	大日本根子彦国牽天皇	（第八代　孝元天皇）

天皇の名にある「大倭《おおやまと》」と、卑弥呼の時代に交易を監視していた「大倭《だいわ》」。この二つが同じものであるならば、邪馬台国と大和政権は、「大倭」を通じて繋がっていたことになる。大倭と天皇は、どのような関係にあったのだろうか。

二　「大倭」より前の天皇

紀元前二〇二年に建国された漢は、西暦八年に王莽《おうもう》が建国した「新《しん》」によって途切れた後、西暦二五年から二二〇年まで続いた。この再興された漢は「後漢《ごかん》」と呼ばれる。正史としての『後漢書』が完成したのは『魏志』より後だが、『後漢書』「倭伝」に記されているのは、後漢時代の日本。その中に次のような記事がある。

建武中元二年（西暦五七年）、倭奴国が朝貢した。使者は大夫を自称する。倭国の極南界である。光武帝は印綬を与え賜うた。

福岡市の志賀島《しかのしま》で出土した金印には、「漢委奴国王」と刻まれていた。飾り紐「綬《じゅ》」は残っていなかったが、これが漢（後漢）の光武帝が授けた印綬と考えられている。「漢委奴国王」の文字は、一般には「かんのわのなのこくおう」と読まれている。しかし、「委」と略記できる「倭」は「い」、「奴」は「ぬ」の元字で万葉仮名でも「ぬ」。よって「委奴国」は「いぬこく」もしくは漢音で「いどこく」と読みたい。

この倭奴国は、百年後には勢いを失っていたようだ。女王卑弥呼誕生に至る二世紀の日本の状況を、『後漢書』「倭伝」は次のように語る。

桓《かん》帝（後漢の第十一代皇帝　在位一四六年～一六八年）と霊帝（第十二代　一六八～一八九年）の間、倭国は大いに乱れ、互いに攻撃しあうことを続け、長い間主（となる人物や国）がなかった。一人の女子がおり、名前を卑弥呼という。年齢を重ねても結婚せず、鬼道の道に仕え、妖術により民を惑わした。そこで、共に立てて王とした。

では『日本書紀』や『古事記』は、最初に「大倭」がつく第四代より前、初代から第三代までの天皇について、どのように記しているだろう。

『古事記』表記	『日本書紀』表記	
神倭伊波禮毘古天皇	神日本磐余彦天皇	（初代　神武天皇）
神沼河耳天皇	神渟名川耳天皇	（第二代　綏靖天皇）
師木津日子玉手見天皇	磯城津彦玉手看天皇	（第三代　安寧天皇）

『日本書紀』と『古事記』がともに記す、天照大御神と素戔嗚尊の誓約《うけい》。この誓約により、天照大御神から五人の息子が生まれた。その長男の息子である瓊瓊杵尊《ににぎのみこと》が天皇家の祖先である。このとき素戔嗚からは、「宗像《むなかた》」の三女神が生まれた。

初めて日向に天下ったのは、天照大御神の孫である瓊瓊杵尊。これを「天孫降臨」という。その曾孫が東へ遠征して、奈良県橿原市で即位（神武統制）する。

「大倭」が付かない初代から第三代の天皇のうち、九州生まれの神日本磐余彦天皇（初代神武天皇）には『古事記』表記で「倭」の字が付き、奈良生まれの第二代および第三代天皇には「倭」の字も付かない。

そして、彼らの皇后はいずれも、事代主と玉依姫（活玉依姫ともいう）の血を引いている。

事代主とは、出雲を天孫に譲ったとされる大国主命の息子で、出雲から三輪山に遷座した大物主神と一体、もしくはその声を伝えるとされる人物。彼の母親は、宗像の女神。そして、大国主命も宗像の女神も素戔嗚尊の子供である。

玉依姫は、賀茂建角身の娘。賀茂建角身は、三島溝橛耳また八咫烏として神日本磐余彦天皇（初代　神武天皇）の即位に尽力したとされ、天皇家の守護神として、「葵祀り」で知られる京都の下鴨神社こと賀茂御祖神社で、今なお祀られている。

神日本磐余彦天皇（初代　神武天皇）の皇后は、事代主と玉依姫の長女の媛《ひめ》蹈鞴《たたら》五十《い》鈴媛《すずひめ》。神渟名川耳天皇（第二代　綏靖天皇）の皇后は、その妹の五十《い》鈴依姫《すずよりひめ》。磯城津彦玉手看天皇（第三代　安寧天皇）の皇后である渟《ぬ》名《な》底《そこ》仲媛《なかつひめ》は、事代主と玉依姫の息子である鴨王《かものきみ》こと天《あめ》日《ひ》方奇《かたくし》日《ひ》方《かた》の娘。

天日方奇日方本人も、後述する可美真手《うましまで》とともに、神日本磐余彦天皇（初代　神武天皇）の重臣（中食国政大夫《おすくにまつりごともうすのまえつぎみ》）を務めている。

三　「大倭」と大和政権

次に、第四代から第九代までの天皇の名前を見てほしい。第四代には「大倭」が付き、第五代天皇には付かない。そして、第六代から第八代までの天皇の名は三人とも「大倭」で始まり、第九代天皇は「大倭」ではなく「若倭」で始まる。

『古事記』表記	『日本書紀』表記	
大倭日子鉏友天皇	大日本彦耜友天皇	（第四代　懿徳天皇）
御眞津日子訶恵志泥天皇	観松彦香殖稲天皇	（第五代　孝昭天皇）
大倭帯日子國押人天皇	日本足彦国押人天皇	（第六代　孝安天皇）
大倭根子日子賦斗邇天皇	大日本根子彦太瓊天皇	（第七代　孝霊天皇）
大倭根子日子國玖琉天皇	大日本根子彦国牽天皇	（第八代　孝元天皇）
若倭根子日子大毘毘天皇	稚日本根子彦大日日天皇	（第九代　開化天皇）

天皇の名にある「大倭」が、卑弥呼が諸国の交易を監視させた「大倭」と同じものであるならば、「大倭」はその字のごとく「広大な範囲を活動領域とする倭人組織」であり、「大倭」で始まる天皇は、その大王ということだろうか。

最初に「大倭」がつく第四代天皇の皇后は、天皇の兄、息石耳《おきそみみ》の娘、天豊津媛《あまとよつひめ》という。天皇の祖父、皇后の曽祖父にあたる天日方奇日方は、『先代旧事本紀』では、阿《あ》田都久志尼命《たつくしねのみこと》とも呼ばれている。彼の妻の名は、日向賀牟度美良姫《ひゅうがのかむとみらひめ》。「阿田（吾田）」「都久志（筑紫）」「日向」は、いずれも九州に縁がある名前だ。『魏志』「倭人伝」が、投馬国の官の呼称を「弥弥《みみ》」と伝え、初代天皇の息子たちの名に「耳」がつくように、息石耳《おきそみみ》も九州系の名前。そして、天豊津媛の「豊」は「豊玉姫」「豊玉彦」のように、対馬の海の神にも関係した名前である。

　前述のとおり、天日方奇日方の祖母は、海を渡る人々の信仰を集める宗像の女神でもある。第四代天皇の名前に「大倭」がつくのは、奈良盆地を超え、九州系の人々や海を渡る人々の支持も受けていたからだろうか。この天皇に関しては残念ながら、現在のところ、名前以外に推測する根拠はない。

　第五代天皇から第八代天皇については、『日本書紀』『古事記』『先代旧事本紀』『勘注系図』『諸系譜』に記載された家系から、もう少し確かな話ができる。第五代天皇の皇后である世襲《よそ》足《たらし》姫は、尾張連《おわりのむらじ》の祖となる瀛津世襲《おきつよそ》こと葛木彦の妹であり、兄妹の母親は初代葛城国造剣根《つるぎね》の娘の賀奈良知姫である。そして、葛城の女性と婚姻を重ねる尾張の血筋こそ「大倭」の中心にいた一族だと考えられる。

初代天皇が橿原で即位するより以前に、饒速日命《にぎはやひのみこと》という人物が奈良盆地に到着していたと、『日本書紀』『古事記』は記す。この饒速日は、天皇家の祖である瓊瓊杵尊《ににぎのみこと》の兄ともされ、『先代旧事本紀』は、彼の末裔である二つの系統について詳細に語っている。

その一つは、物部氏に繋がる流れ。饒速日命は、奈良盆地の大将軍長髄彦《ながすねひこ》の妹三炊《みかしき》屋《や》姫を娶り、可美真手《うましまで》という息子を得た。奈良盆地を征圧した初代神武天皇は、長髄彦を誅殺したが可美真手は許し、皇后の兄弟である天日方奇日方とともに重臣とした。この可美真手が、物部氏の遠祖となる。

もう一つは、尾張氏に繋がる流れ。饒速日命が奈良盆地を訪れる前に生まれていた息子、高倉下《たかくらじ》の末裔である。『先代旧事本紀』は、四世孫の瀛津世襲《おきつよそ》を尾張連《おわりのむらじ》等の祖とし、六世孫の建田背《たけたせ》を海部直《あまべのあたい》、丹波国造《たにわのくにのみやつこ》、但馬国造《たじまのくにのみやつこ》等の祖と記す。彼等は葛城氏との繋がりも深い。

そもそも葛城という場所は、『日本書紀』によれば、もとは高尾張邑《たかおわりむら》といった。神武天皇が葛の網で土蜘蛛を襲って殺したので「葛城」と名前を変え、剣根《つるぎね》という者が初代葛城国造に任命されたのだ。その剣根は、『諸系譜』によれば、前出の賀茂建角《かもたけつぬ》身《み》の息子である玉依彦《たまよりひこ》の息子である。彼の血を引く多くの女性が尾張氏の男性と婚姻関係を結んでいる。

尾張氏と同じ出の海部氏の系図には、卑弥呼候補者の一人とされる女性も登場する。「宇那比姫、亦名《またのな》天造日女命」とあり、その傍らに、「六世孫大倭姫、一云竹野姫、亦云大海靈姫命、亦云日女命云々」と記された女性だ。彼女は『先代旧事本紀』では、尾張氏の女性とされている。

「大倭」は、海の民を率いる尾張氏、葛城氏による、少なくとも近畿から九州北部までを活動範囲とする広域情報網、交易網であった。本来天皇家に近い血筋ではあったが、世襲《よそ》足《たらし》姫という皇后を輩出することにより、彼女の血を引く天皇達を「大倭」の王とし、自らの権威の正当性を裏付けようとした。倭人社会において、天皇家は特別な神威を有する血筋であると認められていたからである。

一方、このことは天皇家にとっても悪いことではなかった。実質的支配は奈良盆地内にとどまっていた天皇家は、「大倭」の協力を得て、直接統治が及ぶ範囲を奈良盆地の外へと広げることができた。第七代天皇の息子で、第八代天皇の異母兄弟には、吉備を制圧した兄弟や倭迹迹日百襲媛もいる。

『後漢書』「倭伝」が伝えるように、長く続いた混乱を収拾したのは卑弥呼だった。強烈なカリスマを持つ彼女は、共通の女王となり、長年に渡り統治する。そして、邪馬台国と大倭は、互いに利用しあう関係を築いた。卑弥呼は海の民を仕切れる大倭を利用して、交易や国際交流を厳重に監視した。大倭は邪馬台国の庇護の下、自由かつ安全に交易を行うことができた。両者は同じ尾張・海部・葛城の一族に繋がり、現実的な利害も一致していたのだ。

では、第九代天皇の名に「大倭」がつかないのは何故だろう。

若倭根子日子大毘毘天皇（第九代　開花天皇）は、「大倭」に繋がる女性達を妃に迎えている。観松彦天皇（第五代天皇）と世襲《よそ》足《たらし》姫の曾孫にあたる日《ひ》子《こ》国《くに》意《お》祁《け》都《つ》比《ひ》賣《め》命こと姥津《ははつ》姫、葛城の鸕《わし》姫、尾張・海部系の丹波大県主の娘、竹野《たかの》媛である。それでも、この天皇の名に「大倭」は付かない。

その理由として考えられるのは、彼の母親である鬱色謎《うつしこめ》が、「大倭」を率いる尾張や葛城の出身ではなく、後に物部氏となる一族の出身だから。いや、もっと的確な答えがある。『後漢書』「倭伝」は、「大倭王は邪馬台国にいる」と記す。すなわち、この時期には卑弥呼がいて、彼女が大倭王とみなされたために、第九代天皇は「大倭」の王を名乗れなかったのだ。

『魏志』「倭人伝」には、王となった後の卑弥呼の姿を見る者は少なかった、と書かれている。卑弥呼は邪馬台国の女王として周辺の国々を統属していたが、最初から「大倭」の王だったわけではない。尾張の血筋である彼女は、いずれかの時点で「大倭王」になった。そして、邪馬台国の民衆の前から姿を消したのだ。

四　交易支配から国家支配へ

稚日本根子彦大日日天皇（第九代　開花天皇）は結局、父親の妃であり、母方の従姉妹《いとこ》でもある伊香色謎《いかがしこめ》を皇后に迎える。彼女は、物部氏の祖となる伊香色雄《いかがしこお》の姉であり、御間城入彦五十瓊殖天皇（第十代　崇神天皇）の母となる女性だ。

卑弥呼が老いるにつれ、「大倭」を取り巻く状況も大きく変わっていった。もともと不仲だった狗奴国が、卑弥呼の影が薄くなった邪馬台国に対して、本格的に攻撃を仕掛けてくるようになったのだ。

稲作に適した広い平野を支配し、耕作と戦闘に欠かせない人員を確保し、国を統治する。それこそが国家だと考えていた狗奴国。狗は「いぬ」と読むから、由緒ある倭《い》奴《ぬ》国の後継を自認していたかもしれない。狗奴国王は、国境を越えて気儘に介入してくる「大倭」と卑弥呼を認めることなど、到底できなかった。

二三九年に魏に難升米等を派遣して朝貢した卑弥呼。まだ発見されていないが、翌年「親魏倭王」の金印紫綬も受けている。二四七年、彼女は魏に使いを送り、狗奴国との戦いについて窮状を訴えた。だが、既に余裕を失っていた魏は、激励しただけで援軍は派遣していない。

当時の「大倭」は、交易能力や監視能力、自衛のための兵力には優れていても、その本質は自由な「海の民」「交易の民」であった。農耕民族とは異なり、広い水田を耕作したいとも思わない。だから他国を侵攻するための陸軍など持たなかったろう。他国の土地や民を奪わないからこそ、交易への介入が容認されていたともいえる。だが、狗奴国に敗北すれば、交易の拠点である九州北部を奪われ、得ていた権益すべてを失ってしまう。

ここで台頭してくるのが、高い軍事力を持つ一族。饒速日《にぎはやひ》の末裔として尾張氏とは異母兄弟のような競合関係にあり、天津彦根《あまつひこね》の血筋の女性達と婚姻を繰り返していた一族。第八代天皇の皇后である鬱色謎《うつしこめ》、第九代天皇の皇后である伊香色謎《いかがしこめ》、物部《もののべ》氏の祖となる伊香色雄《いかがしこお》を輩出した一族である。

天津彦根《あまつひこね》は、天照大御神の五人の息子の一人とされている。彼の息子は、冶金《やきん》（金属加工）の神とされる天目一箇《あめのまひとつ》神で、その末裔は「近つ淡海」と呼ばれた琵琶湖の周辺、近江の地を根拠地としていた。

天目一箇神の孫は彦伊賀津《ひこいがつ》といい、彼の孫には、川枯彦、川枯媛、伊香刀自比賣《いかとじひめ》がいる。川枯彦は、琵琶湖湖畔の三上《みかみ》山を崇める三上氏の祖。彦坐王《ひこいますのみこ》の妻となり、丹《たに》波道主王《わのちぬしのおおきみ》を産み、第十一代天皇の皇后日葉酢媛姉妹の祖母になる息永水依比賣《おきながのみずよりひめ》は、彼の曾孫だ。

川枯媛は、可美真手《うましまで》の末裔の妻となり、皇后鬱色謎《うつしこめ》、皇后伊香色謎《いかがしこめ》、物部氏の祖となる伊香色雄《いかがしこお》へと繋ぐ。そして、伊香刀自比賣《いかとじひめ》の息子で中臣《なかとみ》氏へ繋がる伊賀津臣《いかつおみ》には、もう一つの氏族の血が流れている、

話は遡《さかのぼ》る。神日本磐余彦天皇（初代　神武天皇）が東征を始めるにあたり、大分県の宇佐で菟狭津彦《うさつひこ》と菟狭津姫《うさつひめ》の歓待を受け、菟狭津姫を天種子《あまのたね》命の妻にしたと『日本書紀』は記す。この天種子命は、天照大神が天岩屋に籠ったときに祝詞《のりと》をあげた天児《あまのこ》屋根《やね》命の孫。ともに神の声を伝える一族の出身である天種子命と菟狭津姫の間には、宇佐津臣《うさつおみ》と大日諸《おおひもろ》という息子が生まれる。

この宇佐津臣が彦伊賀津《ひこいがつ》の娘と結婚し、生まれた息子が伊香刀自比賣《いかとじひめ》を妻にして生

まれたのが、前出の伊賀津臣。彼は「天の羽衣」伝説の主人公でもある。

琵琶湖の北端付近にある小さな湖、余呉湖《よごこ》。水浴びをしていた天女の羽衣を隠して妻にした伊賀津臣は、梨迹臣《なしとみ》、臣知人《おみしるひと》、伊世理《いせり》（『風土記』では、奈是理《なせり》も）という子供達を得る。この梨迹臣（梨富）の息子である神聞勝《かむききかつ》は、御間城入彦五十瓊殖天皇（第十代　崇神天皇）に仕え、中臣氏の祖となる。

天種子《あまのたね》命と菟狭津姫《うさつひめ》のもう一人の息子である大日諸《おおひもろ》は、春日村主《かすがのすぐり》の祖になった。後に中臣氏から派生した藤原氏の氏神を祀るのが春日大社であり、その祭神の一人が天児屋根命。そして、この春日に初めて都をおいたのが、稚日本根子彦大日日天皇（第九代　開化天皇）である。


話を戻そう。金属加工技術の最先端にいた天目一箇《あめのまひとつ》神の末裔と、饒速日の子である可美真手の末裔が一緒になり、鬱色謎、伊香色謎という二人の皇后を輩出し、武器製造と軍事力に優れた「物部氏」も生まれた。狗奴国との戦いの中、卑弥呼も逝去し、窮地に陥った「大倭」は、彼等と手を結ぶ。その仲介を果たしたのは、九州と近畿地方の双方に縁が深い中臣氏に繋がる一族。

決して負けられない戦いを続けながら、「大倭」は軍備や制度を整え「交易を支配する」組織から「国自体を支配する」組織へと変容していった。尾張・海部・葛城の海運と物部氏に繋がる陸軍を備え、奈良盆地から九州までの広域を実効支配する大国としての形を作り上げていったのである。

『魏志』「倭人伝」には、邪馬台国と狗奴国、どちらが勝利したかは書かれていない。卑弥呼が死に、男王を立てたが国中が承服せず、卑弥呼縁《ゆかり》の十三歳の少女「壹与（台与）」を王に立て、国中が定まった後に、魏に朝貢したという。

二六五年までの出来事だ。

五　統一王イリ彦の誕生

その後、大和政権と大倭はどうなったのだろう。

『古事記』表記　　　　　　　『日本書紀』表記
御眞木入日子印恵天皇　　　　御間城入彦五十瓊殖天皇　（第十代　崇神天皇）
伊久米伊理毘古伊佐知天皇　　活目入彦五十狭茅天皇　（第十一代　垂仁天皇）

この二人の名前に「倭」はつかず、「入彦（いりひこ）」と「五十（い）」が入る。そのため、この時代をイリ王朝と言うこともあるが、「イリ」がつくのは天皇だけではない。後に尾張氏や葛城氏となる一族の皇子や姫にもついている。

『日本書紀』は、神日本磐余彦天皇（初代　神武天皇）を、「初馭天下之天皇（はつくにしらすすめらみこと）と名付ける。だが、御間城入彦五十瓊殖天皇（第十代　崇神天皇）もまた、「御肇国天皇（はつくにしらすすめらみこと）」すなわち「初めて国を統治した天皇」と呼ばれ、『古事記』も「所知初国之御真木天皇（はつくにしらししみまきのすめらみこと）」と称える。

三世紀、卑弥呼の死後、九州まで関わっていた「大倭」を奈良の大和政権が吸収する形で、倭国は統一された。第十代天皇である御間城入彦五十瓊殖天皇（崇神天皇）

が「初めて国を治めた」といわれるのは、「統一倭国の最初の天皇」という意味に他ならない。そして、統一された倭国は「日本」と名乗った。そういうことではないだろうか。

倭国統一には、多くの犠牲が伴ったであろう。『日本書紀』『古事記』には、御間城入彦五十瓊殖天皇（第十代　崇神天皇）の時代に世の中が乱れ、国難が続き、神に占ったところ、三輪山の大物主神が現れ「我が子大田田根子に我を祀らせよ」と告げたと書かれている。天皇が探し出した大田田根子は、奇日方天日方（天日方奇日方）の子（末裔）と名乗り、その答えを聞いた天皇や周囲の人々は「これで国難が治まる」と大いに喜んだ。

それは、天日方奇日方の母親が初代天皇の即位を助けた賀茂建角身《かもたけつぬみ》の娘、玉依姫《たまよりひめ》であり、父親が大物主の神と一体の事代主《ことしろぬし》であったから。さらには、天日方奇日方自身、最初の「大倭」天皇である大日本彦耜友天皇（第四代　懿徳天皇）の祖父であったから。彼の末裔であれば、出雲の最高神であった大物主の神を祀るにふさわしいと、皆が納得できたということだ。

『旧唐書《くとうじょ》』「倭国日本伝」は記す。

倭国《わこく》は古《いにしえ》の倭奴《いぬ》国なり。（中略）

日本国は倭国の別種なり。その国、日の辺《あた》りにある故《ゆえ》、日本を名となす。あるいは言う、倭国自らその名が雅《みやび》でないことを悪《にく》み、改めて日本となすと。あるいは言う、日本は旧《もと》小国、倭国の地を併《あわ》せたりと。

『旧唐書』「倭国日本伝」より

倭国は、九州北部に拠点を置いていた倭奴国の拠点を引き継いだ、邪馬台国を含む倭人の国々のことである。

日本国も倭人の国だが、倭奴国直系の倭国とは別種である。その国は、東側にあるから「日本」と名乗った。あるいは、「倭」という言葉が雅でないことを嫌い、「日本」に改名しただけだと言う人もいる。あるいは、こうも言う。かつての日本は小国。

倭国の地を併合して大国になった、と。

『日本書紀』『古事記』には多くの人物が登場し、多くの伝承が語られる。その個々人が実在の人物であったのか、また、伝承が史実かは、現時点では知る術がない。ただ一族の中で語り継がれ、日本初の国史として書き残され、千三百年伝えられた物語であることには違いない。それは、倭人達の国々が一つの国へと統一されていった物語、後世に伝えるべきと考えられた日本国成立の物語だったはずである。

おとぎ話でもよい。千三百年伝えられた物語を続けよう。

『倭国統一』と『日本書紀』『古事記』の相違点（資料）

伊香色謎

1. 伊香色謎は『古事記』では鬱色雄の娘。孝元天皇の妃、開化天皇皇后、崇神天皇の母だが、具体的言動の記述は記紀にはない。
2. 崇神天皇の即位を西暦264年（甲申）とした。『日本書紀』によれば、孝元天皇は丁亥、開化天皇と崇神天皇は甲申に即位。
3. 伊香色謎と孝元天皇の子である彦太忍信は、『日本書紀』では武内宿禰の祖父、『古事記』では建内宿禰の父。
4. 卑弥呼および大倭に関する記述は記紀にはない。解説「邪馬台国と大倭と大和政権」をご参照ください。

5. 氏族の家系については、『日本書紀』『古事記』の他、『先代旧事本紀』『海部氏勘注系図』『諸系譜』による。
6. 「綜麻《へそ》」で雷を捕らえた話は『塵袋』『風土記』にあり。
7. 孝元天皇と埴安媛の息子である武埴安彦の乱は、『日本書紀』崇神10年および『古事記』の崇神天皇記にあり。
8. 『古事記』には、彦坐王（日子坐王）に玖賀耳之御笠を殺させたとあり、『日本書紀』には彦坐王の息子の丹波道主命を丹波に遣わすとある。いずれも崇神天皇の時代。
9. 出雲の神宝の話は『日本書紀』崇神60年にあり。

御間城入彦五十瓊殖天皇（第10代 崇神天皇）

1. 2年の詔と灌漑池工事は、『日本書紀』では、崇神62年。干支を合わせた。
2. 皇太子の選定は、『日本書紀』崇神48年。

3. 丹波の氷香戸辺の話は、出雲神宝の話と同じ崇神60年。
4. 皇太子と狭穂媛の結婚の経緯は、記紀には記述なし。
5. 墨坂神・大坂神の話は、『日本書紀』崇神9年。
6. 筑波に関する「紀の国」や筑簞の話は『常陸国風土記』にあり。
7. 倭迹迹日百襲姫の逝去は、崇神10年に「この後」とあり。
8. 初めての課税や御肇国天皇の記述は『日本書紀』崇神12年。
9. 三輪山の宴は『日本書紀』では、崇神8年。
10. 『日本書紀』垂仁25年に、「(崇神)天皇命短し」とある。

活目入彦五十狭茅天皇(第11代 垂仁天皇)

1. 即位272年は、『日本書紀』記載の干支(壬辰)による。
2. 都怒我阿羅斯等の話は、『日本書紀』垂仁2年にあり。
3. 天日槍(天日矛)は、『日本書紀』では垂仁3年、『古事記』では応神天皇記に登場する。
4. 清彦は『日本書紀』では田道間守の父、『古事記』では下の弟。
5. 丹波道主王は彦坐王の子。『日本書紀』は、彦湯産隅王（由碁理の孫）の子という説もあると記す。丹波道主王の妻である丹波の河上摩須郎女が丹波大県主由碁理の血筋と推定し「孫」とした。
6. 日葉酢媛の妹達の名は記紀で異なる。記紀ともに「醜きによりて」丹波に返されることになった妹が自殺したと記す。
7. 誉津別王の話は記紀双方にあるが『古事記』が詳しい。
8. 28年とした出石小刀の話は、『日本書紀』では、垂仁88年。干支を合わせた。
9. 30年とした田道間守出発は『日本書紀』垂仁90年。干支を合わせた。
10. 35年の五十瓊敷命他の話は『日本書紀』垂仁39、87、88年。
11. 39年とした垂仁天皇逝去は『日本書紀』垂仁99年。干支を合わせた。

著者プロフィール

阿上 万寿子（あがみ ますこ）

1959年生まれ
福岡県出身
九州大学法学部　卒業
奈良大学通信教育部　文学部文化財歴史学科　卒業
山口県在住

既刊書
『イザナギ・イザナミ　倭の国から日本へ 1』（2017年　文芸社）
『スサノオ　倭の国から日本へ 2』（2018年　文芸社）
『大国主と国譲り　倭の国から日本へ 3』（2018年　文芸社）
『天孫降臨の時代　倭の国から日本へ 4』（2018年　文芸社）
『神武東征　倭の国から日本へ 5』（2019年　文芸社）
『卑弥呼　倭の国から日本へ 6』（2019年　文芸社）

倭国統一　倭の国から日本へ　7

2020年12月15日　初版第1刷発行

著　者　阿上 万寿子
発行者　瓜谷 綱延
発行所　株式会社文芸社
〒160-0022　東京都新宿区新宿1－10－1
電話　03-5369-3060（代表）
03-5369-2299（販売）

印刷所　株式会社平河工業社

ISBN978-4-286-21428-3